雨の日はソファで散歩

種村季弘

筑摩書房

目次

I　西日の徘徊老人篇

Ⅱ　幻の豆腐を思う篇

Ⅲ　雨の日はソファで散歩篇

Ⅳ　聞き書き篇

雨の日はソファで散歩

I　西日の徘徊老人篇

西日のある夏

小学生の夏休みは、毎年母方の九十九里海岸の家ですごした。午前中は泳いだり波乗りをしたりでくたくたに疲れた体を引きずって、その体を投げ出すようにしてガツガツ午睡をむさぼった。西日のさし込む座敷で、砂地に西瓜《すいか》を植えた畑が西側にあり、砂地の照り返しでギラギラする熱気を頭から浴びて汗みずくで眠る午睡から醒めると、海からの風が夕暮れの時間を運んできた。

山里の京都では、光源として夕日が貴重なので西向きに窓がある家がすくなくないと聞く。パリも西向きの窓が多い都市だ。しかし関東では早朝から太陽光線がたっぷりさし込むので、西側から明かりを取り込む家はあまり見かけない。その後東京のなかで何度も住まいを変えたが、西向きに窓がある部屋にはごぶさたしていた。

長い西日の時間に再会したのは、外国旅行の途次だった。一九七五年のこと、機会があってしばらくハンブルク近郊のヴォルプスヴェーデという村に滞在していたことがある。ご存じの方もおいでだろう。ヴォルプスヴェーデといえば若き日の詩人リルケが訪れたこともある芸術家村である。世紀末から二〇世紀初頭にかけて、七人の画家が過疎になったこの村に住みついて「ヴォルプスヴェーデ風景画派」を結成し、ゴッホやゴーギャンのポン＝タヴェンやアルルからやや遅れて、外光のなかで自然を描いた。

当時は過疎だったヴォルプスヴェーデも今ではすっかり観光地化して、広大な泥炭地一帯には大小のアトリエや別荘が点々と散らばり、遊覧客が馬車や自転車で往来している。私が住んでいたのは当地の芸術家協会が経営するアトリエ・ハウス。西側に大きく窓をとった居間兼寝室の前は一面にそばの花が群生している牧草地で、どうかすると牛が草を食《は》みに庭先に入ってくる。西向きのガラス窓の真正面には、巨大な風車がゆっくり回っている。そこで長い長い夏の夕刻というものを体験した。

まだ明るいので本を読もうとすると、いわゆる手暗がりで手元が暗い。太陽光線が横からさし込んでくるからだ。昼間はしかしこの観光避暑地もけっこう暑いのである。もともと海が干上がった泥炭地だった。いまでもその名残の沼が方々にある。そのせいか、昼寝をしていると、ベッドがそのまま太古の海に戻って漂っているような幻覚に襲われることがある。

そういえばリルケに、沼に落ちた死体が千年を経て沼の底から浮かび上がってくる伝説を詠《うた》った、「死について」という短詩がある。ちょうどこの地に滞在していた頃の作である。私は昼寝の度にその詩の「沼の死体」を思い出した。自分が沼の溺死体ではあるまいかという思いが、この沼沢地ではリルケならずとも実感されるのである。

しかしそんな厭夢《えんむ》から醒めたあとの、ほとんど青に近いすみれ色の不思議な光に満たされた、長い長い西日の時間は、昼寝の悪い後味を補ってあまりある浄福感に満たされたものだった。

西日のさす時間は、いわば汚れながら浄《きよ》らかな光をはらんでいる。その青いまでにすみれ色の光を浴びていると、世紀末の画家や詩人がなぜこの土地を愛したかも、そこからの連想でパリや京都のような何度となく没落を経験してきた都市がなぜ西日のさす窓を好んできたかも、おのずと理解されてくる。盛りの夏は、西側の太陽の没落の相で見るなら、死と再生の季節なのである。

余生は路上ぞめきに

ジャーナリズムでものを書くようになったのは、たしか昭和四十年頃のことだったと思う。もっとも、それ以前に文学エッセイの類《たぐい》はアカデミックな雑誌に発表していて、正確には昭和三十年代末から書いてはいた。はじめは翻訳で、最初の翻訳単行本は矢川澄子さんとの共訳のG・R・ホッケ『迷宮としての世界』（美術出版社、一九六六年）だった。自前の単行本はそれから二年後の『怪物のユートピア』（三一書房、一九六八年）。いずれにせよ、かれこれ四十年前の話だ。

物書きとしては別に早い出発ではない。もう三十歳を越えていた。大学の同級生仲間では宮川淳がすでに美術評論家として活躍していたし、吉田喜重は新進映画監督、石堂淑朗が新進脚本家としてデビューしていた。こちらは鳴かず飛ばずで、日本語教師や出版社勤め、失業、私大講師など転々としながら、それなりに気楽な人生を送っていた。これで好きな翻訳をしながらのんびりやって行けたら言うことはない。いわゆる表現者になってあくせく締め切りに追われるなどは柄ではない。

そう思っていた矢先に、当時「映画芸術」という雑誌の編集長だった小川徹さんから友人の石堂淑朗のポートレートを書けという注文が来た。それを書いたら今度は「映画評論」という対抗誌から注文が来て、こちらに書いたのは「ジョン・フランケンハイマー論」。なまじ安原稿料が入るものだからいい気になって映画評論を書き続け、気がついてみると映画評論家ということになっていた。

ところで映画評論というものは、現場の試写室に通って現物の新作映画を観なければ話にならない。外国へ行ったり、帰ってきて東京離れをするようになってから試写会に足を運ぶ機会がめっきりすくなくなった。いきおい、家にいてできる翻訳や書評、エッセイを主に手がける。以後はそれをのんべんだらりと続けるだけという、いたって語るに足りない人生を歩んできた。

そのあいだに何回か大学の語学教師を勤めたり辞めたりした。それも体調のすぐれないこともあって、とうとう数年前に退職した。以後、余生は勝手な生き方をしている。まず徘徊老人と自称してそこらをうろつき回る。遠方へ行くには資金がないから、いま住んでいる真鶴、湯河原の近場の温泉地、静岡、浜松あたりまでの東海道をぶらつく。

多少そのあたりの土地勘ができたところで某地方紙に東海道のアームチェア・トラ

ヴェリングを書きはじめた。伊勢物語の東下りから江戸時代の東海道紀行、近現代の東海道旅行のなかからこれと思うものをピックアップして、一回に一冊、ときにはしかし成り行きで二冊三冊、東海道本の談義をたのしむ。読者の反応はいざ知らず、やっている当人は久しぶりに連載中をおもしろおかしく過ごした。

新聞連載は日曜版の毎週で、年間通算五十二回になる。これにもう一回付録を付ければ五十三回。ものが東海道だからちょうど東海道五十三次とキリがいい。そこで名づけて『東海道書遊五十三次』（朝日新聞社、二〇〇一年）。

まあ東海道五十三次にちなんだ書物徘徊記のつもりだが、凡才老人の徘徊記だけに、難しい本は一冊も登場しない。少年乞食や乗り物専門の美人スリ、無能なくせに食いしん坊の貧乏公家、女侠客やヅカガール風男装美少女のマンハント強盗団やそれを追う凄腕警官、まあ、ありとあらゆる落ちこぼれ、かと思うと一攫《いっかく》千金志望の野心家がぞろぞろ登場してくる。こちらはなにしろ徘徊老人だけに、悪事はやめろとか、もっとやれとかいえない立場にある無力な透明人間。それをいいことに思う存分覗き見《ピーピングトム》して歩いた。

「人生逆進化論」で楽しく

見知らぬ俳優が演じる、いやにジジむさい老人が、テレビの洋画劇場のスクリーンをとびまわっている。よくよく見ると、驚いたことに、あのジャック・レモンの老け役ではないか。

『晩秋』というアメリカ映画だ。ただし、途中から見たので筋はよくわからない。なんでも定年退職した男が一度病院に担ぎ込まれて死にかかり、九死に一生を得て退院するといやに若返ってしまう。ミニ・ゴルフをやったり、突然日本文化にイカレてみたり、果ては新婚当時みたいに老妻にナニを迫ってはうっとうしがられたりする。

要するに時間がさかさまに流れはじめて、老ジャック・レモンの時間は老人から若者へ、ついには子供の時代に戻ってしまうのである。

一言にしていえば、人生逆進化論。年を取れば取るほど若返って行く。そうだ、思い出した。ジャック・レモン主演、ビリー・ワイルダー監督の『お熱い夜をあなたに』にもそんなシーンがあった。九十歳になる某男爵と付き添いの美人看護婦がいるホテルの一室に救急担架が運び込まれたので、さすがの老男爵もついに腹上死かと思いきや、発作を起こして担架で運ばれるのはお若い美人看護婦の方。

若さをわざとハズして老年をたのしむ。深刻面《しんこくづら》を逆なでにする人生逆進化論である。死や老年を重々しく考えるばかりが能ではない。げんにビリー・ワイルダーの故郷のウィーンでなら、亭主が死ねば陽気な後家さんたちがフランツ・レハールの『メリー・ウィドウ』で送ってやる。反対にボードレールの『悪の華』のパリでなら、「女房が死んで俺は自由だ、だからお酒も飲み放題だ」とヤモメがはしゃぎ回る。おたがい、そろそろ成熟した文化のなかの死を、軽々しく、あっさり死にたいものだ。

懐かしの根岸家

背もたせが高いからかげで何をしているのかわからない。あやしい。そのレザーのソファがまた、へんに毒々しい緑色ときた。戦前なら場末のカフェにあったような代物だ。そのあやしげなソファがずらり並んだので、てっきりアルサロなみの安ドレス姿のお迎えかと思うと、あにはからんや、かっぽう着のおばさんたちがかいがいしく往《ゆ》き来した。

かっぽう着といえば、ついこの間終わったばかりの戦時中に活躍した大日本国防婦人会の制服だ。戦争が終わり、主婦が台所で着用する本来の形にもどって街頭からは姿を消したかと思いきや、ここではまだ現役の、客のほうも復員兵がにわか仕立てに背広ジャンパーに着替えたのや、ベトナム戦争帰り（行き）の制服のＧＩがごっちゃにまじって、勝ち組負け組、白いのも黒いのも、敵味方入り乱れてムンムン汗くさくのぼせたのが、いっしょくたに、白いかっぽう着にふうわりとくるみ込まれた。かっぽう着の魔法というものだろう。何でも入っちゃう。また何でも気前よく出してくれちゃう。日本人ならおふくろのかっぽう着でとうにおなじみのその神通力に、GIまでが引っかかって恍惚とした。そういうかっぽう着という容れ物がお店の大きさになって、根岸家というふしぎな空間に化けてでた。

あやしい緑色のソファがあって、バンド演奏でジルバを踊るマンボズボンの客がいて、白いかっぽう着のおばさんがいた。闇市的混沌がすなわち東洋的エキゾチシズムの現場だから、映画の舞台にはもってこいだった。裕次郎映画の舞台となり、黒澤明の「天国と地獄」のロケ現場になって、六〇年代に二十代だった若者なら、行ったことがなくても根岸家は映画の中のおなじみの店だった。

そうかといって、その後はやった「夜の蝶」映画の銀座のクラブのような内容空疎な高級感はない。緑のソファがいわくありげにどぎついわりに、白いかっぽう着が実質的なサービスを提供した。寿司天ぷらが売り物でも、おしんこ、湯豆腐、何でもござれ。夏場はツブのばかでかい枝豆が出た。これこの通り、白いかっぽう着からは何でも出てくる。ひょっとすると、何やらヤバイものも出たかもしれない。客は悪も生活もいっしょくたの、アジア的バザー感覚にじんじんしびれた。

最後に行ったのは、中華街で島尾敏雄さんを囲むささやかな出版記念会があって、二次会で根岸家にまわったときのことだ。はじめて根岸家のアジア的というよりは万人が出入り自由の港町ヨコハマ的混沌を目撃した画家の片山健が、茫然自失といった表情で「ほほう」とため息をついたのを覚えている。

それからほどなくして根岸家は消滅した。失火で焼けたのだという。白いかっぽう着に火がついて、振り袖火事ならぬかっぽう着火事が夜空を染めたのか。緑色のソファだけが火事を逃れてしばらく近所のお店で使われていたという。そして戦後が終わった。

泰華楼

横浜の中華料理店というとすぐに中華街の有名店がいくつか思い浮かぶ。しかし横浜は中華街より広いから、横浜には中華街以外にも中華料理店がある。伊勢佐木町にも、野毛にも、本牧にもある。ごく普通の町にあるごく普通の中華料理店のような風情で、それもかなりにぎやかな町筋にさりげなく構えているお店がある。

野毛の泰華楼がそんな店だった。横浜市営地下鉄線のあざみ野の近くの大学に語学を教えに行っていた時分、帰りは桜木町まで足を伸ばして野毛をぶらついた。泰華楼はシューマイがうまいので、シューマイで一杯飲みながらサンマー麵かチャーハンでしめて、また町をぶらつく。だから日の高いうちにお店に入ることが多い。その時刻の相客と言えば大概は常連客で、ご近所の主婦や保険の女性外交員かセールスマンのような男女が遅い昼食をとっている。

ある日、毛色の変わった客がいた。パジャマ姿で素足にスリッパをつっかけている。それもどうやら病院の患者の常用しているスリッパらしい。冷菜をお供に老酒をもうかなりきこしめして、ご機嫌である。女子店員をつかまえてオダを上げている。

「病院の飯なんか食えるかって。ここへ来て飲んでよ、あと場外買ってよオ……」

「あんた、そんなに飲んだら看護婦さんにまた叱られるよ。お酒のにおい、プンプンするもの」、と女子店員。

「長いことねえんだ。好きなようにやらせてもらおうじゃねえか」

いきまいているわりには不安の表情を隠せない。病院では消せない不安をここで消してもらいに来たのだろう。なじみ客には店員の親身さが料理以外の裏メニューとみえ、それが目当てで病院を脱走してきたらしい。

おっさんと同様、わたしも大方は一人客だ。しかし、泰華楼でちょっとした大宴会をしたこともある。一九九四年春、『人生居候日記』（筑摩書房）という本を出した。中身はわたしの駄文だが、この本はものとしての本造りが豪華版だ。秋山祐徳太子がわざわざ新作彫刻を作ってくれ、それを写真撮影してくれたのが赤瀬川原平、装丁は南伸坊。編集は筑摩書房の松田哲夫と鶴見智佳子。

これだけメンバーがそろったのだからどこかで打ち上げを、というので泰華楼のテーブルを囲んだ。なんだかんだ料理を注文し、適当にお酒を飲んで、さあ一人頭二千円位の勘定ではなかったか。安いのでびっくりした。横浜が東京にあればよい、と誰もが思った。

　その後間もなく体調を崩したので、わたしは外食を控えるようにした。だから泰華樓にもごぶさたしている。そのうち、お店を建て替えたと聞いた。古風な風格があったのに惜しいことをしたものだ。でも、まさか味までは変わってないだろう。このところ体調がよろしいので、また途中下車をしてシューマイで一杯飲《や》るか。

角海老　東京浅草

階段を上がって二階が二部屋、階下に広間の座敷。小ぢんまりした下町の旅館だ。浅草観音裏の一角にある。このところご無沙汰ながら、以前は月曜日ごとに泊まっていた。木馬亭の女主人に紹介された宿だった。

玄関脇に応接間兼用の仏間がある。お線香の煙がいつも絶えないのは、ご主人が亡くなって久しいかららしい。気のいいおかみさんと娘さん（親戚の子か）の女手だけで切り盛りしている。ときどき近所のお手伝いさんらしい年配女性が手伝う。水上瀧太郎の『大阪の宿』を思わせるような、どこか大正のにおいを残している風情がいい。

朝飯がうまい。塩鮭と生卵、ねぎのおみおつけの、何の変哲もないメニューながら、なつかしい東京の味がする。うれしいのは朝風呂を立ててくれること。若いフランス人を紹介したら、朝、その檜風呂の栓を抜いてしまったという。お隣りが釜飯の「田毎」なので、夜はそこで飲む。

オキュパイド銀座

敗戦直後の銀座で働いていたことがある。中学二、三年のころのことだ。学生援護会の斡旋で（ほんとうは中学生はいけないのだが）ノート、ピーナツ、ライター・オイル、はてはネズミのおもちゃのガセネタを、それも、きょうは三原橋、昨日は土橋、明日は数寄屋橋というふうに転々と場所を変えて屋台を出していた。

今はあらかた暗渠《あんきょ》になって銀座に水を見ることはできない。そのころはしかし午後三時ごろになると三原橋の下に夕潮が満ちてきて、橋の下を通る石炭運搬のポンポン蒸気船の煙と潮が混じったむせ返るような匂いが鼻をついた。まだ勝鬨《かちどき》橋が開閉していた時代で、鉄の橋がカマキリのように立ち上がってはまた沈下していく光景が、遠く三原橋からも見はるかすことができた。数寄屋橋下の水はもうかなり汚れていて、一度米兵が二人、日本人に寄ってたかって投げ込まれた現場に行きあわせたことがあるが、さぞや臭い水を飲まされたことだろう。

反対に土橋の下の、今は高速道路とショッピングセンターで埋め立てられた汐留川の川水は、今そういってもだれも信じてくれないが、戦中戦後の何年か生活用水が流れ込まないので深山幽谷の清水同様に澄み切っていた。浜離宮経由の隅田川観光船が、当時は土橋際から出ていて、観光船の上から同じ年ごろの小中学生が飛び込んだり泳いだりしている。橋の上から水底に白魚が見え、それが手づかみで捕れそうだった。

土橋の向こう正面に新橋駅が見える。橋のこちら側はピーナツ屋台、新橋よりの屋台には退役軍人が草花の種をならべて商っている。元陸軍大佐と中学生は、よく弁当のおかずを交換しあった。

そのショバは戦前の記憶もあって好きだった。背中のほうに当時は進駐軍のＰＸだった全線座があり、戦時中といってもほんの三、四年前にそこで姉とダニエル・ダリューの「暁に帰る」や「モロッコ」を観た。省線の向こう側、日比谷寄りの宝塚劇場では最後の公演に近い宝塚も観たし、帝劇ではターザン映画を観た。もっと幼いころには浅草の松竹系の映画演劇に連れていってもらったのに、戦争がたけなわになるころは、どちらかといえば東宝系の銀座日比谷の映画街になじんでいた。

その銀座の川が、水質だけからいえば、数年のうちにターザンのアフリカなみに原始時代に戻ってしまったのだ。そういう変わり方はうれしくないこともないが、一方でイヤな変わり方もあった。全線座のＰＸ化がいい例で、東京宝塚劇場がアーニー・パイルにあらたまり、ピルゼンもライオンも米軍専用のPXやビアホールに変容していた。

寒空に電車の窓ガラスが全部割れている。割れていないガラス越しに、こうこうと明りのついた車内に米兵とパンパンがいちゃついている。それが日常の光景と化したオキュパイド・ジャパン。その延長のオキュパイド銀座だった。それがただの戦後光景ということなら、どうということはない。しかし現に銀座で働いている人間には、ただの光景ではすまなかった。実害があった。

たとえば元全線座のPXから数人のGIが出てくる。ギャバジンのズボンのお尻がプリプリしている若い兵隊たちだ。そいつが通りすがりにこちらの屋台のピーナツをヒョイと失敬していく。「へい!」とかなんとか声をかけて後を追うと、今度は別働隊が底からごっそりとかっぱらって反対方向に走る。手のつけようがない。元陸軍大佐もこれには有効な戦略戦術を打ち出せないようだった。

こんなとき頼りになるのはやはり女性である。銀座の女性はやさしい。向かいの焼けビルから一部始終を見ていた中年女性が降りてきて、「ちょうどいいわ。今夜ウチの会社で宴会があるの。残ってる分、全部ちょうだい」

もうけはもとより、これでは元金も戻らないと覚悟していた中学生は、おかげで九死に一生を得た。今にして思うと彼女の会社に当夜、宴会なんか全然なかったのだろう。

土橋のたもとにはこんなふうに老大佐と中学生と水泳少年たちがいて、それにやさしい女性がいた。これまでのところではこの文章にまともな男はどこにも出現してこない。男たちはどこへ行ったのか。劇場もビアホールも占領軍に占拠されて、銀座には行く先がない。土橋の向こう側の新橋駅裏の闇市、それに銀座一丁目界隈の現在の馬券売り場あたりには比較的焼け残った家があり、そのあたりをテリトリーにしていたのではあるまいか。

後年になって、銀座一丁目の古い焼け残りの家を舞台にした『女の家』という小説を書いた作家の日影丈吉さんと対談をする機会があった。日影さんも戦前、フランス菓子店のコック長として銀座のどこかで働いておられたとかで、銀座にはくわしかった。

「銀座の真ん中は進駐軍に占拠されてたから、復員兵は皆、新橋で飲んでたようですね」というと、日影さんはうなずいて、「それに一丁目、あそこらは戦前からの古い良い家が残っていました」といわれた。

戦後から何十年も経って、銀座にはもうPXもなければGIもいない。今の銀座にもアメリカ人はいるが、それはドイツ人もフランス人も中国人もいるというのと同じことで、一つの国民とその軍隊が他国の街を占拠しているのとは意味が違う。米兵のみがわがもの顔に独占していた占領下の銀座は品がなかった。多様な民族、多様な人々を寛容に静かに受け入れている戦前の、あるいは今の銀座のような品位がなかった。

わたしはＧＩの屋台襲撃事件以来すっかり反米感情にとりつかれて、大人げないとは思うが、たとえ機会があってもアメリカには行きたくないと思っている。六本木、赤坂のような、アメリカ人のいそうな場所にはなるべく近づかない。なにか（たとえば星条旗）一色にそまった街は多様な価値観を許さない。占領下の一時期をのぞいて、しかし銀座にはその多様を容れる器としての品位が持続しているので、街がやさしくなつかしい。

ちかごろになってまた銀座をうろついている。若いころは銀座がモダンだから好きだったが、今は銀座が意外に古風だから、それがなくならないうちに足を運んでおこうと思っている。

とうふと洗濯

熊本で知人にとうふ料理のお店を二軒ばかり案内されて、関東のいいかげんなとうふにうんざりしていた舌が久しぶりにとうふの味を堪能した。

その延長で小国の某温泉に出た。村中どこにももうもうと蒸気が噴出している。地下熱利用のしいたけの乾燥作業をしている人がいたので、立ち話をした。戦時中十代で徴兵されて北支からインドシナ半島まで、そこからさらに上海まで一万四千キロを徒歩で行軍して、からくも帰還したのだという。帰国してからはとうふを作った。五年前に奥さんが亡くなるまで、ひたすらとうふ作りを続けた。

こちらが昼飯を食べたとうふ料理屋の話をすると、言下に「あれはとうふではない」と言った。本ニガリで固めると時間がかかるので量産できない。だから機械で製造過程を省略する。そういうものはとうふではない。彼に言わせるなら、とうふというイキモノは、彼が廃業した五年前に絶滅したのだった。

そこからまた車で数分も行くと、古い神社があった。見れば初老の男が、社殿前の神池で水を泡立てて軍手のようなものを洗っている。こともあろうに神池で洗濯とは。聞いてみると実情は逆だった。神池にはアルカリ性の温水が湧出していて、大昔からの洗濯場なのだという。洗剤を使わなくても泡が立つ。「近ごろの嫁は洗濯機を使うので、だれもここには来なくなった」、とその人は言った。

女たちが語らいながら神池で洗濯をし、人びとは地下熱で煮炊きした米の飯と地のとうふを食べる。そんな大昔からの生活が水没する文化の大洪水前の現場には、わずか五、六年の差で遅刻したようだ。プツンと大きな切断音がとどろいたような気がした。

ゆかりの宿

私の住んでいる温泉町の某旅館の門前に「藤村ゆかりの宿」の立て札があることは、前々から散歩の途中などに目にしていましたが、べつだん気にもとめないでおりました。

その旅館の門前には、近くの町営温泉に行き来する日帰り温泉客がよく利用するバス停があります。ある日、私もひと風呂浴びてからバス停でバスを待っていると、女の子の仲良しグループ三、四人が旅館の立て札をチラと見て、「へー、フジムラゆかりの宿かァ」

するともう一人がキャーッとはいわずに、ややあいまいに、「ふーん、フジムラゆかり、かァ」

つまり彼女もちょっぴり自信がないのです。「藤村（ふじむら）ゆかり」というタレントだか、アイドルだか、がいて、ここが常宿で、それは世間周知の常識なのに、ひょっとしたら自分一人だけが今のいままで知らなかったのではあるまいか。

その後しばらく、私は会う人ごとに「フジムラゆかりって知ってる？」と質問してみました。すると、「そういえば、そんなのいたっけかな」とか、「それってイトーゆかりのこと？」とか、やはり自信なげな答えばかりが返ってきます。毎日のように現れては消えるアイドル、タレント、「そんなのいたっけ」で高速消費されて当たり前、らしいのですね。この分では「藤村ゆかり」という某新人文学賞を受賞した女性作家が実在して、本年六十五歳の老生が知らないだけの話、ということだって大いにあり得ます。

それよりも、いよいよアレがきたのか。私に島崎藤村という小説家の実在性がにわかに疑わしくなり、藤村ゆかりちゃんの輝かしい現存がいまをときめく現実なのに、それを知らないのは老生だけなのか。

夏祭

耳たぶはむろん、唇にも鼻にもピアスをつけている。その唇に手鏡をのぞいて真っ赤な口紅を引いた。まぎれもない男子高校生だ。東京から二時間ほどの、私の住む田舎町にもそんな「お獅子」が日常的に出没しはじめた。女の子も負けてない。下着ルックとやら、レース飾りのスケスケのスカートに、花魁《おいらん》の高下駄みたいなハイヒールを履いてよたよたしている。イヨッ、やってくれますね。

ところでその田舎町にもそろそろ夏祭がやってくる。毎年七月二十七日、日本三大水祭の一つという真鶴の貴船祭だ。港から東と西の二手に分かれて船が出て、真鶴岬の中ほどにある貴船神社まで競漕する。それを応援する船がまた一艘ずつ、原色の派手なモールを林立させてつきしたがう。応援の船の舷側には女装した若者たちが、ゲイ・フェスティヴァルもさながらにめじろ押しに並んで、おたがいに仲間を海中に突き落としあう。

大方が高校生だろう。白粉を刷き、唇にあさく紅を引いて、仕上げは女物の半纏《はんてん》やゆかたでキメル。はじめてお目にかかったときにはそのあでやかさにゾクゾクした。

見ると出入りの肉屋さんがいたりする。若い衆不足でOBが駆り出されたのだとか。奥さんのネグリジェで大年増に変身している。オオッというべきか、オエッというべきか。いずれにせよ最近の下着ルックはこれにはちょりと太刀打ちできまい。肉屋さんの奥さんのネグリジェは本来がソレ用に、レース、ノリル類をおおっぴらにひけらかしたホンマモンだもの。高校生のピアス、口紅も、それが毎日では詰襟《つめえり》に坊主頭とさして変わりばえはしない。夏祭一日だけの女装だからゾクゾクした。

毎日がカーニヴァルは退屈だ。

若々しい死

婚礼の日の当日、花婿の若い鉱夫が坑内に降り立ったまま大落盤で硫酸塩の地層に埋められた。それから五十年後にふたたび地盤がズレて、鉱夫の死体が浮かび上がった。硫酸塩に凍結されていたために、五十年前の姿をそのままにとどめた死体である。若かった鉱夫の五十年おくれの葬儀の当日、墓場にはどこからともなく七十歳ほどの老婆があらわれた。五十年前の婚礼の当日、ついに帰らぬ人となった花婿をむなしく待っていた、かつての花嫁だ。その日、花嫁の老婆には、あたかも「葬礼と婚礼が同時に」やってきたかのようだった。

以上はスウェーデンのさる鉱山で実際に起こった事故の後日談で、哀切をきわめる内容からして事件当時はヘーベルやホフマン、後にはホフマンスタールのような作家の筆で何度も物語化されてきた。死は時間によって腐蝕されない。しかし生は時間とともに老い、見る影もなく腐蝕する。

昨年（一九九七年）十二月六日、伊東の池田二十世紀美術館で「美術と舞踏の土方《ひじかた》巽《たつみ》展」のオープニングが開かれた。六、七〇年代の土方巽と、彼をめぐるおよそ四半世紀前の若かったアーティストたちの活動が一望の下におさめられている。

作品の制作者のなかには、土方自身や先頃急逝した池田満寿夫のようなアーティスト、それに文学者の三島由紀夫、澁澤龍彦、吉岡実のような、鬼籍に入ってひさしい人がいる。しかし、げんに見る作品そのものは、死に凍結されていまも匂いたつように若々しい。それを限りある時間を生きている私たち同世代人が、同じ空間のなかで体験した。葬礼と婚礼を同時体験するように。

顔文一致

レコード・ジャケットにはプレイヤーの顔が使ってあるのに、どうして活字本の表紙に作者の顔がデザインしてないのか。平岡正明が、『種村季弘のネオ・ラビリントス』という私の著作集のためのゲスト・エッセイでそう問いかけている。答は簡単で、物書きには顔に自信があるやつがいないから。

ただし例外が二人だけいる。種村季弘とおれ、つまり平岡正明は、自著の表紙カヴァーにちゃんと自影を載せている。顔に自信があり、また書いた文章にも自信があるからだ。平岡正明によれば、こういうのを顔文一致というのだそうだ。

平岡エッセイのおかげでご満悦だった。そりゃそうだ。書いたものをほめられたことはあるけれども、それを書いた当人の顔までコミにほめられたのははじめてだもの。顔文一致の独占。いや、平岡正明との山分け。

二、三日これで舞い上がっているところへ一冊の本が届いた。池内紀『山の朝霧里の湯煙』(山と渓谷社、一九九八年)。見れば表紙のいわゆる腰巻きの部分に、どこかの野天風呂につかってご機嫌の池内氏の顔が写っている。顔文一致の独占または寡占支配はもろくも崩れた。そうか、やっぱり。おれたち二人以外にも顔に自信のある物書きはいたのだ。

こころみに、池内氏の顔をデザインした腰巻きをまくってみた。腰巻きの下なら当然、わくわくするようなものがあって当然だ。ところが期待を裏切って、そこに現れたのはまたもや野天風呂でご機嫌の池内氏の顔。顔文一致の第三の新人は、どうやら二重人格と見た。顔の裏もまた顔。顔文一致の修辞学では、これをレトリシャンという。

名刺

テレビを家の中に置かず、名刺を持たないとどういうことになるか。テレビ番組が話題になる大抵の席で口をきかなくてすむし、人に会っても名刺を渡さないからすぐに忘れてもらえる。この情報過剰時代にその人の身のまわりだけがひっそり閑《かん》となり、都会の真ん中に住んでいて世捨て人になれる。深山幽谷にいるから隠者ではない。身の回りの一つ二つのものを捨てれば、かなりの程度世を捨てられるし、世から捨てられるのである。池内紀さんの近著『遊園地の木馬』(みすず書房、一九九八年)を覗くと、それを実践している池内さんがいて、感服した。

それとは別に画家の木村昭平に個展会場で会うと、三センチほどの名刺の束を手にして、どれでもいいから選べといわれた。白地に手書きで「芸術活動家・木村昭平」とある。裏を返すとこちらが本来の表で、すべてテレクラ・ヘアヌード美人のチラシである。ロンドンのも、パリのも、ニューヨーク、新宿、名古屋、仙台のもある。なんでもロンドンのは紙質がしっかりしているのだそうで、それをもらった。

しかしどうだろう。もらった人は名刺裏の女の子が気になって、表の「芸術活動家」木村昭平はさっさと忘れてしまうのではあるまいか。世に忘れられるには、池内さんのように名刺を持たない手もあるが、目つぶしみたいなギンギラギンの名刺を作る手もまたあるらしく、それかあらぬか、カフカやレーモン・ルーセルの小説をモティーフにした木村さんの作品の会場は、忘れられたように閑散としていた。むろんこれでなくてはいけない。ヨク隠レシ者ハヨク生キシナリ。本物の芸術家はド派手な名刺の煙幕を張ってでも、世を避けて芸術活動に打ち込むものなのである。

三重視

「サンジュウシ」と音で聞くと、だれでもガスコーニュの騎士ダルタニアンの大活躍するデュマの『三銃士』を思い浮かべる。もっとも昭和初年代生まれの人間だと、子供の頃『長靴三銃士』という人気長編漫画があったのを思い出すかもしれない。しかしこれから話題にする「サンジュウシ」は「三重視」と書いて、音に聞く「ライカ同盟」の面々が三重県の町々を撮影した写真展の名である。

ライカ同盟のメンバーは、赤瀬川原平、秋山祐徳太子、高梨豊の御三家。展覧会場は三重県立津美術館。四月十一日（一九九八年）土曜日のオープニングには右の御三家のスライド上映付き講演会があり、会場は満員盛況だった。なぜそんなことを知っているかというと、どういうわけか当方も特別ゲストとかで会場にまぎれ込んでしまったからだ。

ゲストの感想をすこししゃべった。撮影対象をただ視る（一重視）だけでなく、ちょっとズラして視（二重視）て、そのズレをタイトルにギャグ的にまとめる（三重視）から三重視なんだろうと思います。まあ見立て、ヤツンの美学でしょうか。俳句や川柳のような短詩型の作法に似ているかもしれませんね。

いいながら気がついた。近頃の句会・吟行ばやりと小撮影旅行ブームは多少関係があるかもしれないな。論より証拠、会場には高級カメラをかついだ中高年、それに学生・女子学生らしい若いグループも見かけて、会がハネるとそれが三々五々、津美術館の裏手の旧藤堂家庭園のほうに散って行った。

折りしも桜が満開である。そこをカメラをかついだ老若男女の四銃士、五銃士が漫歩する。ご本家「ライカ同盟」も真っ青のカメラ・オタク満開風景であった。

師匠

数年前に他界した大道芸人の早野凡平に「ほんじゃまか帽子」という持ち芸があった。ほんじゃまか、といって帽子をひねると、ナポレオンになったり、闘牛士になったり、鞍馬天狗になったりする。早野凡平の帽子芸はパン猪狩という師匠格の芸人から五百円で譲ってもらったのだそうだ。パン猪狩はその五百円を一晩で飲んでしまい、それからは早野凡平が帽子芸をやっている後ろでホウキ片手にせっせと掃除をしていたという。

森村泰昌の自伝、といっても森村泰昌のことだから、まんまと森村泰昌になりすました森村泰昌の自伝『芸術家Mのできるまで』（筑摩書房、一九九八年）に、高校時代の美術の先生の「チュンさん」という人が出てくる。講義では「絵は下手くそであることがなによりも大切だ」と熱弁をふるうけれども、ふだんは「お説教もないし、自分の主義主張の強要も」しない。それでいて生徒が美術室をちらかしたり、絵の具で汚したりすると、「もうちょっと整理したらどうだ」とか何とかいいながら、黙々とご自分で後始末をなさる。「自分自身も画家のひとりであるのに、教育の現場では主役にならず脇役に徹していた」。

弟子を立てて、自分は目立たないところでもっぱら後片付けをする。パン猪狩もチュンさんも、脇役に徹し黒子のように自分を消すのが師匠としての本意なのだ。森村泰昌がニューヨーク初の個展の際に会いにゆくと、チュンさんは「がんばれ」ではなく、「もういつやめてもいいんやで」といったという。

掃除の究極は自我の消去である。さすがはチュンさん。世界のひのき舞台にとび出した弟子に、「もういつやめてもいいんやで」とその場で白紙還元をすすめた。

螢雪時代

蛍の光、窓の雪。日本人なら誰でも義務教育の卒業式で歌い、歌わされた歌曲である。学校と学校の境の「杉の戸」をくぐりつつ、しみじみと来し方行く末をしのび思う。だが、なかには通過点でそのまま足が動かなくなってしまう人がいる。

どなたもご存じの「螢雪時代」。例の境を突破するのにお世話になった受験雑誌だ。どうかするとしかし二年も三年も、こいつのご厄介になる人がいる。二浪、三浪。ついには苔が生えて万年浪人。

勝井さんとは金沢の病院に入院しているときに知り合った。某地方出版社のベテラン編集者だ。この人が万年「螢雪時代」をやっていた。りっぱな社会人だから、大学も大学受験そのものもとっくに卒業している。卒業しきれないのは人生である。

知り合ったころ勝井さんは、金沢卯辰山の築数十年というボロ借家に住んでいた。それだけなら何のことはないのだが、この家には網戸がない。夏になると蚊だのカナブンだのが出入り自由になる。さすがに困って、電灯をつけないことにした。テレビのブラウン管の青っぽい光線、あれだと虫が入ってきません。どうしてでしょうね。青い光が蛍みたいできれいです。冬場は暖房がなく、窓からやたらに雪が吹き込んできましてねえ。まさに「蛍の光、窓の雪」なのだ。

その勝井さんから引っ越しの案内状がきた。今度の住まいもおもしろくもおかしくもない長方形の建物。こちらへきても用でもなければ立ち寄らないでください。近所に何だかテーマパークがあるからそちらへ行ったほうが身のためです、ときた。こういう人は、いくら転居しても螢雪時代を卒業できない。

温泉外人

『世界温泉文化史』（ウラディミール・クビチェク著、国文社、一九九四年）という翻訳書を出版したところ、さっそく読者から手紙がきた。見れば、発信人は、おや、カタカナ名だ。それから何日も経たないうちにご本人から電話がきた。あまり流暢《りゅうちょう》とはいえない日本語で、いま熱海にいる、すぐにお会いしたい。

一時間後に湯河原駅前の喫茶店でご本人にお目にかかった。チャールズ・ランメルさん。名刺に福島県温泉文化協会会長とある。本業は郡山のさる私大の大学教授。その場で土湯温泉の温泉研究会だかの講師になることを承諾させられた。顔を見てから十分後。まずはその行動力に舌を巻いた。

それも道理。聞けば、カナダから東大に留学して卒業後は野村証券入り。やがてカナダに帰ってカナダ野村を設立したが、それを人に譲り、ふたたび来日して郡山の大学に。冬のある日、バイク・ツーリングの途中転倒して大怪我をしたのを、もよりの温泉であたためるとウソのように快癒《かいゆ》した。あとは東北の温泉をしらみつぶしに入りまくった。

ランメルさんにはじめて会ったのは数年前、円安デフレが本格化しはじめた時期のことだ。野村仕込みの経済分析と野人的行動力で、さすがに彼は温泉ブームの落日を予見していた。だが、円安のおかげでドルで遊びにくる外人客が確実にふえる。彼らに温泉の魅力を啓蒙したい。その対策にこうして走り回っているという。

なるほど、ぬるま湯に浸かっていたずらに不況を嘆いているバブル成金とは人種がちがう。世界に冠たる温泉国日本、しかし温泉は日本にあってもその管理経営は外国資本という日は、案外近いのかもしれない。

相対の研究

スイスの高地で農園主の女房がここ数年のうちに次々に四人も死んだ。名刑事シュトゥーダーが捜査に乗り出した。農園には果樹園があり、そこに来ると刑事はある連想に駆られる。「果樹園—害虫—害虫駆除」害虫駆除には何を使うか？　ひ素塩？で、ひ素中毒の症状は？　エキスパートは何といっているか？「ひ素中毒を確認するのは難しい。他の病気と酷似しているからだ。体内臓器を化学分析しなければ決め手はない」。

女房たちの死因はほとんどが腸炎。一例だけ腸チフスの疑いがあった。しかし診断されたときにはもう死んでいた。これでは証拠不十分で、次々に女房をひ素で殺したと思しい老農園主を告訴できない。さしものシュトゥーダー刑事も立ち往生する。

スイスの探偵小説作家グラウザーの『老魔法使い』という小説の出だしである。物情騒然たる和歌山保険金詐欺・毒カレー事件の最中、たまたま右の小説の翻訳をしていたので、スイスと現代日本のひ素殺人事件がよく似ているのに気がついた。果樹園の害虫駆除と白アリ駆除。被害者の症状が主に腸炎と診断されて、それ以上は不明であること。

しかし違う点もある。スイスの大農園主は先祖代々魔法に凝って、女房を七人殺せば空を飛べると思っていた。彼の祖父は六人まで殺したが、七人目の女房に出し抜かれた。もう少しで空を飛べそうだったのに。最後に農園主は一切を白状し、留置所の独房で縊死《いし》してはてる。空飛ぶ魔法という不可能にいどんだので、空が飛べなければ落ちて死ぬほかはない。和歌山のひ素殺人容疑者はそんな絶対の探究はしなかった。地上の金が目当ての、八十円か八十億円かという、たかが相対の探究に打ち込んでいた。品がない。

ねじ式

夏のおわりに、中野の小さな映画館で若い人たちに交じって『ねじ式』を観た。つげ義春原作・石井輝男監督の、たぶん独立プロ映画。ガルガンチュア的な小便の椀飯《おうばん》振舞《ぶるまい》があったりして往年のパゾリーニを思わせもするが、そうかと思うと繊細な牧歌的場面がある。たとえば汽車がポッポと煙を吐きながら夜の町を徘徊する。真っ暗な背景に豆電球のような家々の灯りがともり、そこをオモチャのような汽車がとぼとぼ走った。

それからしばらくして、目黒のアスベスト館で故土方巽《ひじかたたつみ》夫人の元藤燁子さんにお目にかかった。土方巽は石井監督の映画のタイトルバックによく出演していた。その縁か、『ねじ式』のタイトルバックには元藤さんとアスベスト館の若いダンサーたちが総出演している。そこで『ねじ式』の話がはずんだ。

「あの汽車ポッポのロケ地はどこかな?」

独り言でそれとなくたずねると、驚き入った答えが返ってきた。

「ここよ、このアスベストの床の上」、と元藤さんは三十畳敷きほどのホールの床を指して、「ダンボールに墨をぬって夜にして、オモチャの汽車の下に若い人が入ってタバコの煙を吐いて、汽車の煙にして……」

するを経費節約の便法がかえって牧歌的な効果を醸し出したことになる。極端に制作費をきりつめて、それでも資金が足りなくて、石井監督は自宅とベンツを人手に渡した。元藤さんが、「住むところがなくなってどうするの？」と訊くと、「ここに置いてもらいます」

戦中と戦後を生きぬいてきた世代には、まだ石井さんのように、私有物を破壊して創造の資に当てることを何とも思わない人がいる。それ以後の世代は、さあ、どうだろうか。

ゴロ寝

ゴロ寝の評判はよろしくない。雑誌のアンケートによくあるね。休日は何をしていますか。答は「ゴロ寝」が断然多いものだから、評論家先生のいわく――だから日本には文化がない。ほんとですか。

「夕顔のさける軒端の下涼み男はててれ女はふたの物」ご存じのように、ふたの物は湯もじ、ててれはこの場合は襦袢。男女とも庭先の夕顔棚の下でゴロ寝で涼むのが極楽とのたまうた木下長嘯子《ちょうしょうし》の歌だが、これを下敷にして久隅守景《くすみもりかげ》作の国宝「夕顔棚納涼図屛風」が成立した。してみるとゴロ寝こそは日本文化の粋。

小田原城の場内を歩いていたら、芝生でゴロ寝をしている人がいた。どこかで見た人のような気がする。五、六歩通りすぎてから思い当たった。俳優の天本英世さん。映画の和製ドラキュラ風で鳴らしてからテレビの少年番組「仮面ライダー」の地獄大使に扮した怪優、といえばおわかりかと思う。最近ではガルシア・ロルカの足跡を訪ねてスペインを行く番組でお目にかかった。なんでも古い木造アパートに住んで、昼間は代々木あたりの公園を徘徊しておいでとか。その歩幅が延びて、小田原までお出ましになったのだろうか。

黄色っぽいシャツに、これも同系統のだぶっとしたズボン。それで何をするかといわれれば、公園の芝生に寝っころがる、としか答えようがないいでたちだ。別段、山頭火とか、放哉とか、と構えるまでのこともない。それでいて本物（？）のホームレスとはすれすれに一線を画している。そのあたりの呼吸はもう芸としかいいようがない。いまのところは、あちら寝る人、こちら歩く人。しかしそろそろこちらもゴロリと寝て、世の中に寝るほど楽はなかりけり浮世のバカは起きてはたらく、としゃれこむ潮時だろうか。

Ⅱ　幻の豆腐を思う篇

すし屋のにおい

女の客が飯台の前にすわると不機嫌になって口をきかない。トロとか、ガレージとかいっても受けつけない。聞いてないのかと思うとそうでもない。しばらくするとどの客の前にもこはだか何かがいっせいに出てくる。

それでも女客はいちばん後だ。差別が歴然としている。すし屋におしろい、香水をつけて来る客が嫌いなのだ。すしがおしろい臭くなって食えなくなる。だから真っ先につけるのは酒を飲んでいる客。何もいわないのにひらめのエンガワやあわびのワタがひょいと出る。酒飲みの気持ちが手に取るようにわかるのである。

ご本人が大酒飲みだからだろう。なんでも毎日三升ずつ空けるのだそうだ。朝方、築地の河岸に仕入れに行く。冬場でもすっ裸でまぐろをまるごと一尾かついで場内をのし歩きながら朝から一升。店に帰って下ごしらえをしながら茶碗酒でまた一升。客の相手をしながら閉店までにまたまた一升。話半分にしてもおそれ入ったウワバミ。

池袋から西武線の椎名町に出る途中の、知っている人なら、ああああそこかと相づちを打ってくれそうな、そのあそこの店の亭主の話である。店も亭主もとっくになくなっているだろう。昭和三十四年といえばいまから四十年近く前、こちらは音羽にある出版社の下っぱ編集者で、その界隈の担当作家の原稿催促にまわっては、昼時になるとそのお店にシケ込むのである。どうかすると近所にお住いの梅崎春生さんが、こちらに背を向けてひとりぽつねんと飲んでおられた。

客のなかには音羽の出版社の同僚もいて、なかには女性もいる。しかし常連になると、トロの何のときいたふうな口はきかない。分際を心得し、黙って待っている。そのうちうまいものがちゃんと出てくる。

酒飲み優先だから、飲める人はどうしても飲んでしまう。昼酒がきいてくるともう出られなくなって、午後からの仕事がパアになる。するともうヤケで、閉店までえんえんと飲みまくるのである。

岡本かの子の「鮨」という小説にもそんなすし屋が出てきた。塩さんまをおからを使って塩と脂を抜き、それを押鮨にして酒のつまみに出す。こはだにしては味が濃く、そうかといって鯵のようでもない。それがめっぽううまい。ただし気の向いたときに常連客にしか出さない。ほかにも鰹の中落ちだの、あわびのワタだの、鯛の白子だのがひょいひょいと出てくる。

岡本かの子の「鮨」は昭和十四年作。ということは、こちらが椎名町のすし屋に入り浸っていた昭和三十四年からさらに二十年前のことだ。

といって、昔は良かったなどといいたいわけではない。

かの子の小説は、店の常連が子どものときに極端な食べず嫌いで、お母さんにおすしを握ってもらってようやく強度の拒食症を治したという話である。しろうとの家庭の主婦が握るのだから、大きさもまちまちで形も不細工。けっして姿の良いすしではない。でも子どもにとってはそれが無上の美味なのだ。

お母さんが握るすしだからだろう。特に女の人が握るからおいしいという話ではない。そういえば浅草に女の人が握るすし屋があって、前に何度か行ったことがあるが、格別おいしくもなければまずくもなかった。

すし屋における女の人の役割は、ふつうは職人のそれと別である。いうなれば支配人、または女主人。岡本かの子のすし屋でも、こちらが入り浸っていた椎名町のすし屋でも、おしろい気のないおばさんが奥に引っ込んで酒の燗やお茶の世話をしていた。ときどき脇からやんちゃ坊主をたしなめるように亭主に喝を入れたりする。店の全体を取り仕切っているのはおかみさんで、亭主は、腕はいいけど子どもっぽい職人としておもてに立てているだけ。それが手にとるようにわかる。

東京の古いすし屋にはまだそんな店がちらほらある。たまに東京に出ると、おしろい臭い相客が成金風を吹かせている店は避け、そんな店のにおいを嗅ぎつけてはそちらに足が向く。

幼児食への帰還

朝は納豆、夜は豆腐と焼魚にお酒がつく。その焼魚もほとんどが干物で、生の魚はあんまり口にしなくなった。せっかく海の近く（真鶴）に住んでいるのに、という思いもないではないが、生きのいい魚が獲れるということは、それだけ素材のいい干物を作る専門店も近まにあるということだから、どのみち好みの食べ物に不自由はしない。

そうはいっても、以前は肉も生魚もけっこう食べた。いや、いささか食べすぎた。運動不足と重なって、たちまち中性脂肪、血糖値その他がうなぎ登りに増え、法則通り循環器系の故障がきた。食事療法で肉類を敬遠するようにいわれ、同時にたばこもやめた。肉食断ちには禁煙ほどの禁断症状はなく、すみやかに脂肪性の食物からは遠ざかった。

たばこをやめた舌にはなるほど脂気はあんまり合わないようだ。脂っこいものを口にしないとなると、自然にそういうものが食膳に上らなかった戦前の食生活に戻る。

つまり小学生時代の味覚に戻ってしまう。あんこが食べたい。豆大福が食べたい。あんまり甘ったるいものは糖尿病境界型の人間には禁物だから、東京に出るとわざわざ深川まで行って塩大福を買って帰ってきたりする。高輪の豆大福、芝の岡埜栄泉の甘味を抑えた豆大福――こういうのは、こちらの嗜好が変わったのを知った東京の友人たちがお土産に持参してくれる。

そんなわけで、食べ物の話となるとどんどん好みが幼児退行的になって行く。同じ納豆でも近頃の小粒納豆ではなくて、大粒の、藁づとに包んで、からし山盛りの、朝売りの納豆売りのおじさんの持ってきてくれるやつ。浦安の魚売りのおばさんが朝早く台所にきて下ろす荷には、小いわしが青い肌をキラキラ光らせていて、これに熱湯をかけて身割れしたのに醤油をかけてあつあつのご飯と食べるのである。

こういうのは別に特別の料理というのではなくて、ごく日常的な食べ物だった。それがおいしかった。豆腐も木綿豆腐がそれだけでおいしかった。大福、白玉入りのおしることなると日常食とはいえないが、これも長いおあずけが続くと禁断症状が発生する。戦争が終わったとき中学一年生の元軍国少年がまっさきに思ったのは、「やれやれ、これでまた大福が食べられるな」。

しかしそうはならないで、闇市の悪い揚げ物を食い、バクダンという得体の知れないアルコール飲料を飲み、アメリカたばこを回しのみする不良仲間とつき合って、さんざん舌を荒らしておいて、いまになってようやく塩大福をしみじみ味わっている。大福に関するかぎり、五十年を飛ばして、いまがようやく終戦直後ということになりそうだ。

いずれにしろ折り返し点にきて、食の好みがどんどん子供っぽくなる。羊羹の薄切りで一杯などという通人の境地というのも、何だ、これか。

幼児退行的な好みの行き着く先は、たぶん粥状の離乳食のようなものになるのではあるまいか。たとえば谷崎潤一郎の「美食倶楽部」や、晩年の「過酸化マンガン水の夢」の究極の美食というのは、中華料理のどろどろしたかたちのないソップのようなもので、老荘の渾沌《こんとん》を食べ物にしたようなものと思えばいい。ここから先はもう具体的な食べ物ではなくて、舌を自分の唾液で濯《すす》ぐ気功術の自強法のような口辺・口腔マッサージによって、美食以上の、かたちも実体もない神仙食を味わう境地に達するほかはない。食べ物を食べながら食べることから自由であること。

しかしまあ、凡人が妙に力んで神仙ぶるにも及ぶまい。というわけで神仙食の代用食にしているのが、このところ、そば。朝は納豆、夜は豆腐・焼魚のほかに、昼食のそばというのがあり、散歩の途中にどこにでもあるそば屋によって、もりそばで熱燗を一本。その小半時間は神仙ならずとも羽化登仙の境地となって、ほんわかと宙に舞う。

幻の豆腐を思う

豆腐というと、昭和一桁生まれの私などには、豆腐そのものよりお豆腐屋さんの鳴らすラッパの音がまず耳元によみがえってくる。ほっぺたをいっぱいにふくらまして、ラッパをプーッと吹き鳴らすのである。

漱石の「夢十夜」にも、床屋で散髪をしてもらっていて、表の道路を通る豆腐屋が前の鏡に映る情景が書かれている。夢の中の情景なので映像が非現実的に固定している。

〈豆腐屋が喇叭《らっぱ》を吹いて通つた。喇叭を口へ宛《あ》てがつてゐるんで、頬ぺたが蜂に螫《さ》された様に膨れてゐた。膨れたまんまで通り越したものだから、氣掛りで堪らない。生涯蜂に螫されてゐる様に思ふ〉

実際にはしかしこんな不気味なものではなくて、なつかしい町の風物詩だった。ラッパの音がたとえ金属的にするどくても、町の物売りの声のような親しみがある。

そういえば安藤鶴夫に『昔・東京の町の売り声』という随筆集がある。納豆売りをはじめ、あさり売り、金魚売り、こうもり傘直しからロシアパン売りまで、ありとあらゆる「町の売り声」が枚挙されているのに、なぜか豆腐屋の売り声だけがない。豆腐屋のラッパはラッパであって、売り声ではないからだろうか。そう思えばつじつまが合う。しかし豆腐屋の真鍮《しんちゅう》のラッパは、案ずるに西洋音楽の楽器のなれの果てだろうから、そう古くからありはしないだろう。案の定、平山盧江《ろこう》の『東京おぼえ帳』には「明治の末」に初登場とある。

〈とうふやさんがラッパを吹くのは明治も末です　必ず　とうふイ　油らげ　がんもどき　けふは牛の日など聲自慢で流して來ました　先々代柳家小さんのレコード高砂やに今でも殘つてゐる筈です　今のとうふや見たいに自轉車でかけ出してラッパの音だけ殘しておくやうな間《ま》ぬけは一人も居りませんでした〉

　ラッパ売りの豆腐屋は古い東京人にはバカにされたのである。安藤鶴夫が町の売り声の数に豆腐屋を入れなかったのもむべなるかなだ。

　豆腐屋は声が売りものだった。柴田宵曲《しょうきょく》の『明治風物詩』によれば、持明院大納言基明卿という人は豆腐屋の声のいいのが通りかかると呼び入れて「豆腐ィ」をやらせたという。基明卿は「郢曲神楽《えいきょくかぐら》のうたひものにすぐれた人」。うたいものの要領と何か関連があって参考に呼び入れたものらしい。

しかしまあ掛け声ばかり長くなっては、かんじんの豆腐そのものの出番がなくなる。では、と、豆腐の話に移りたいのは山々だが、豆腐屋の売り声が天下の美声から無機的なラッパの音になったのと同じで、かんじんの豆腐が品下がってきた。五十年ばかり前からのことである。

理由ははっきりしている。にがりに化学薬品を使うようになったからだ。

私などが子供の時分には、豆腐はいわゆる天然にがりを使うのが当たり前だった。中国伝来の禅寺の豆腐の作り方はそれに決まっていた。天然のにがりが使われなくなったのは戦後のことだが、遠因は戦中の物資原料の払底《ふってい》にある。当時そろそろにがりは塩化マグネシウムで代用されていた。塩化マグネシウムは火薬の原料である。そこで戦時中は塩化マグネシウムが軍需工場に独占されて出回らない。お豆腐屋さんは仕方がなくて、そのまた代用品に硫酸カルシウムを使った。硫酸カルシウムは絹豆腐には向いているが、木綿豆腐にはいまいち向いていない。

このところスーパーの豆腐売場に行くと絹ばかりが並んでいる。絹のほうが上品という固定観念とは別に、こうした戦時中からの化学薬品による大量生産と絹豆腐がどこかでリンクしているように思えてならない。だからどちらかといえば、私は木綿党である。ことに高度成長時代に丸筒に絹豆腐を入れた「丸い豆腐」という落語の産物のようなものを食わされて、あの薬臭い後味のために一時は豆腐そのものが食べられなくなってしまった。あれが豆腐ですか。

そうかといって絹豆腐をまったく敬遠しているわけではない。夏場の冷奴はやはり絹で行きたい。

冷奴、一名を「水貝《みずがい》」。風流な呼び名だ。夏の夕、大きな盥《たらい》にあふれんばかりに水道の水を入れて行水を使う。行水から上がって、水貝こと冷奴を肴に飲む。打ち水をした庭を前にしてギンギンに冷やしたビールのお供にするのである。戦前の家庭は、思えばそんなつましい贅沢をぬかりなく日常生活に織り込んでいた。

岡本綺堂は冷奴を「夏の食い物の大関」と称している。次の豆腐談義などは、東京の人間なら誰だって身に覚えのある話だろう。

〈奴豆腐を冷たい水にひたして、どんぶりに盛る。氷のぶっ掻きでも入れれば猶さら贅沢である。別に一種の薬味として青紫蘇《あおじそ》か茗荷《みようが》の子を細かに刻んだのを用意して置いて、鰹節をたくさんにかき込んで生《き》醬油にそれを混ぜて、冷えきった豆腐に付けて食う。しょせんは湯豆腐を冷たくしたものに過ぎないが〉、〈湯豆腐から受ける温か味よりも、冷奴から受け取る涼し味の方が遥かに多い〉（『夏季雑題』）

薬味や鰹節なしでも豆腐自体がうまければ生醤油だけで十分。「豆腐百珍」という考え方もあるけれども、やはり豆腐は素《す》のままがいい。豆腐という食べ物のよさは、ことさら調理を必要としない点にある。だから男どうしの酒の肴にもってこいだ。

以前にも書いたことがあるが、飯田美稲《みいね》という人の随筆集『湯とうふ』の「豆腐と蕎麦」という文章に、大阪の堀江の踊りを見に行った帰りに近所の友人の家を訪れて酒になり、気がつくと「なンと、豆腐を二人で二十三丁、晩までに食べてしまった」という話がある。それも当時の豆腐は「一丁が今の二丁分あった」というから、当夜の椀飯振舞《おうばんぶるまい》たるや推して知るべし。これだって独身の若い者どうしの酒盛りだからそういうはめになった。

これも前に書いた話だが、益田喜頓の『キートンの浅草話』に、豆腐しか食わないという少年スリが登場してくる。豆腐がおかずではなくて常食なのだ。醤油も何もつけない。ただ豆腐屋の槽からすくいあげたものをそのままムシャムシャやるのだ。一切のつけ汁・薬味の類《たぐい》を断って豆腐一本槍。こういうのは美食とは縁もゆかりもない。むしろ偏食といったほうが話が早い。

しかし浅草のスリ少年のように常食とはいかないまでも、豆腐が日常食であることはまちがいない。だからいくら豆腐好きでも、音に聞く三千円、五千円の豆腐なんぞには食指が動かない。中国産の輸入品のにがりでも、ちゃんとしたにがりを使ってそこそこ納得の行く値段の豆腐はいくらでもありそうだ。あると思いたい。しかし素材はともかく、豆腐のような一見単純な食べ物ほど作り手の腕がものをいうから、腕のいい豆腐屋に行き当たらなければそれまでである。

くり返しいう。豆腐は日常食である。だから近くにいい豆腐屋があるかどうかが、豆腐好きには死活の問題になる。早い話が転居した後で真っ先に困るのがこれである。東京の芝・愛宕町にいたころには、まだ地下水を使っている豆腐屋が近所に二軒あった。大磯住まいのときのご近所の豆腐屋はまあまあ。湯河原に引っ越してきてからこちらは、豆腐屋探しに苦労した。小田原に近い米神という海岸の集落に、オヤというほどうまい豆腐屋があった。そこに通った。ある日、店が閉まった。店主のおじいさんが卒中を患って入院したのだという。

熱海の大手スーパーにも一時うまい豆腐屋がテナントで入っていた。しばらくしておやじさんの姿が見えなくなり、味が落ちた。息子夫婦らしい人たちが後を継いだが、やはり先代には及ばないようだ。

家人が東京や横浜に出ると、豆腐売り場の充実しているデパートなどから豆腐を買ってきてもらうけれども、これはごちそうであって日常食ではない。豆腐に関するかぎりわが家はしたがって、ふだんは高度成長時代のあの丸豆腐の延長上にあるとおぼしい大量生産品を、黙々と陰気な顔をしてたいらげているわけだ。

もっとも、ときに例外的な事件が起こることもある。田舎住まいの友人がこちらの豆腐好きを察して、どさっと豆腐を土産に持参してくれたりする。秩父に吉野辰海《たつみ》という彫刻家がいて、この人が遊びに来るときに持ってきてくれる豆腐がめっぽううまい。ということは大量流通のスーパー以外のところでは、まだうまい豆腐を作る豆腐屋が現役で存在しており、なんならそこまで豆腐を食べに自分のほうから出かけて行けばいいということだ。そしてそれを現に話半分くらいは実行している。

旅に出る。温泉に行く。しかし旅館の類には泊まらない。豆腐は日常食であるがゆえに、食事に豆腐を出してくれない旅館が多いような気がするからだ。旅館側としても調理の仕様もない日常食では呼び物にならないと踏んでいるのではないか。そこでホテルに泊まって、町の何でもない食堂、大衆酒場で豆腐を注文して熱燗のお供にする。出されたものがまずければつまらない町、びっくりするほどうまければしめたものので、豆腐にありつくためだけにまたこようと思う。たとえば長野県上田市の駅前の何とかいう蕎麦屋。有名な「刀屋」ではないけれども、このお蕎麦屋さんで出してくれた豆腐がうまかった。どこで買えるのかと聞いてみると、「そういうお客さんが多いんですがねえ」とことばを濁した。営業秘密であるらしい。

熊本に伊藤武治《たけはる》さんという美術家の友人がいる。はじめは神奈川県の一宮の在に住んでいたが、数年前から熊本県の高森という町に移住した。熊本に所用があって、その帰りに伊藤さんに高森の町を案内してもらった。町営のだだっぴろい温泉があり、そこでひと風呂浴びてからだらだら坂を下りて行くと、お目当ての豆腐屋があった。構えは豆腐料理屋風だが、元はふつうの豆腐屋でご近所から鍋をもって一丁二丁と買いにもくる。遠来の客とあって、そこでフルコースをごちそうになった。

うまい。久しぶりに文句のつけようのない豆腐を食べた気がした。そして翌日、車で阿蘇を縦断するうちに、こんな山中に、というような場所に何台もの車が止まっている。車はすべて福岡ナンバー。それが昨夜のとはまた違う有名な某豆腐料理屋で、福岡からわざわざ車で豆腐目当てにやってくるのだそうだ。客は意外にも若いカップルが多い。これまた極上の味だった。しかし、である。これくらいのことで腰を抜かしてはいけないね。

車はどんどん山奥に入って、小国温泉郷もどんづまりの温泉地に入って行った。見ればいたるところに濛々《もうもう》たる白煙が立ち上《のぼ》って、温泉が白噴している。そのあちこちに掘立小屋があって、地元の人の共同風呂と見える。近くの椎茸小屋で仕事をしている七十がらみのおじいさんに、その共同風呂に入るにはどうしたらいいかを聞いてみると、外部の人は入れないという。

以前は入れた。それがバイクなんぞに乗った若者たちがどやどやきて、騒ぐのはまあいいとして、どうかすると村の婦女子が入浴中のところを覗いて回る。ために外部の人間はご遠慮願いたいと決まった。ごく最近そういう決まりになった。しかし、とおじいさんは話を続けて、あんたたち遠くからきて、どうしても温泉に入りたいというなら、自分の家に温泉があるから入って行きなさい。

おことばに甘えておじいさんの家に行く。するとそこがたまたま豆腐屋だった。別にここまで豆腐屋を探しにきたわけではないが、阿蘇の有名豆腐料理屋のさきの秘境のような自噴温泉地で、さらに奥まった豆腐屋を発見したわけである。残念ながら現業ではなかった。数か月前に奥さんが亡くなってから廃業したのだという。

それから村に一軒しかない酒屋の店先で温泉玉子を頼んでビールを飲んだ。ついでにあの豆腐屋の豆腐はどんなだったかを酒屋のおかみさんに尋ねてみた。すると、驚くべき答が返ってきた。

昼食代わりにわれわれが食べた、あの有名豆腐料理屋の豆腐など、とうてい及びもつかぬ絶品だったというのだ。現役時代には地元の温泉旅館に納品して評判だったということ。とすると、こちらはわずか数か月の時差で村の美人の入る共同風呂にも、村の名人の作る幻の豆腐にも、遅刻したことになる。

前言を翻《ひるがえ》すようだが、こういうくやしい経験をすると、例の数千円もする豆腐というのも悪しざまにばかりはいえなくなる。東京から熊本までの運賃・宿泊代を考えれば、幻の豆腐の一段下の、現実にありついた有名店の豆腐でさえウン万円についたことになるからだ。ああ、ついにありつけなかった幻の豆腐よ。できれば幻の豆腐が日常食として食べられる桃源郷に住みたい。なんなら引っ越してきてもいい。

おでんと清流

静岡駅からバスに乗ってざっと三十分、安倍川を渡ってまもなく今度は藁科《わらしな》川の牧ヶ谷橋にさしかかる。橋の手前の町が羽鳥。『銀の匙』の作家中勘助の読者ならご存じのはずだ。中勘助が戦中から戦後にかけて何年間か疎開していた土地である。藁科川の中州には小さな森がある。その名も木枯の森。

目的地までのバス料金は三百六十円で、さほど辺鄙《へんぴ》な場所ではない。それでも藁科川を向こう岸に渡ると風景がガラリと変わる。最後は井川温泉にぶつかる県道の左右には木工団地や家具工場や老人ホームがあって、まばらに水田も残っている。バス停で下車。左折して表通りをもう一本奥まった山道へ。行手の曲がり角に小さなお堂と公民館があり、公民館の真ん前に昭和四十年代の七夕豪雨の際に山から流れてきたという巨石がどんと据えてある。牛舎がある。このあたりまで来ると、明治時代の山村がそのまま残っているという感じだ。その先の藁葺き屋根の農家に友人が住んでいる。

いわゆる「田の字」型の農家だ。八畳または十畳を四つ、田の字に組み合わせて、横にひろい土間が通っている。土間はカンバスと画材でなかば埋まっていた。この家の主は絵描きさんの美濃瓢吾《みのひょうご》という人なのだ。近くに同じような家が空いたから借りないか、というので、その気はないけど見るだけ見にきてハマッてしまった。

ここへくると広縁にすわって前の山の竹藪をぼんやり眺めている。向かいの家の住人が陶芸家の恩田知爾《ともじ》氏、夫人は俳人の恩田侑《ゆう》布子《こ》さん。長男の皓充《ひろみつ》くんが天才少年俳人との評判で、句集『青空の指きり』がベストセラーになり、たまたまいつかきた時はテレビ局が取材にきていた。それからまためったに通らない通行人を眺めていると、中年婦人が子犬を連れて通る。美濃さんの解説で、「あれは奥に住んでいる染織家の人」。環境が環境なので芸術家が自然に集まってくるらしい。

しかしここにきた時の最大の楽しみは、帰りがけにバス停前のおでん屋で一杯ひっかけること。といっても正式のおでん屋ではない。一つ先のバス停前に何でも屋がある。屋号は丸増商店。店内に冷えたビールがあり、店の真ん中のやけに立派な木製台におでん鍋がはめこまれてぐつぐつ煮えている。ガラスケースには各種缶詰と豆腐。それらを勝手に取り出して肴にすればいいのだ。ビールに飽きて焼酎に替えると、おばさんがジャーのお湯で割ってくれる。

相客は部活帰りのきれいな女子高生たち。カウンターで三百円のラーメンを食べて、おばさんと世間話をしている。そろそろ夕日がななめに店内にさし込んでくる。腰を上げる汐時がきたらしい。そこまで送るという美濃さんと藁科川の岸辺に出た。木枯の森に夕日が映えて、緑葉が赤々と燃えている。対岸のサニーサイドの無双連山に日が沈み、山肌が濃い緑にかげりはじめた。藁科川はいまどきめずらしい清流だ。透明な水が浅い川底をさらさら流れて行く。昭和十八年頃、中勘助が詠んだ藁科川とほとんど変わっていないのではあるまいか。変わっていないと思いたい。

藁科川に水ほそりて瀬瀬の音かすかなり
落日を眺めつつ六十年の行路を思ふ　（「風のごとし」）

思えば、中勘助がそう詠んだ六十年の行路をこちらはとうに越している。折から無双連山に沈む落日を眺めつつ六十余年の行路を思う。いささか出来過ぎているかな。

修行だ、修行だ、修行だ

二十五年前まで東京都内に住んでいた。都内ではそれまでの四十年間に住まいを十数カ所転々と移した。当然行きつけの飲み屋が変わり、都内の諸処方々に居酒屋コレクションが増えた。後で申し上げるが、これは邪道だ。これと決めたお店があれば遠くからでも通う。これが正道だ。

でも、わたしは邪道に踏み迷った。新宿の職安通り裏に住んでいた頃、明治通りのバイパス分岐点の三角地帯になんとかいう泡盛屋があって、そこへ日参した。つまみなどない。あったかもしれないが覚えていない。ひたすら泡盛しか眼中になかった。コップ二杯空けるともう軍資金が続かない。隣席の男も空の二杯目を前にして無言で目をつむっている。と、やおら着ていたセーターをつるりと脱いだ。「もう一杯。」やったな。いつものことで、男は三杯目をその黒セーターをカタに飲むのである。

「片腕がない人ね。あれ、カッコよかった。」

「次の日会うとまた黒セーター着てる。いつ金を返すのかな。ふしぎでした。」

つい最近、八戸で某酒場をやっているL氏と交わした会話。画学生として東京留学していたL氏も、同時期にあの店であの男を相客にして飲んでいたとわかった。吉祥寺駅前にカウンター一列だけ。あとは「おいしい缶詰あり舛」の貼り紙をぶら下げたお店。缶詰にコップ酒。ほかにアルミの平鍋にタマネギと豚の煮込みが煮えている。三鷹から太宰治がよく飲みにきたというので知る人ぞ知るお店だった。亭主は酒を出すとまたテレビの野球観戦に戻る。それだけ。ここのことは、昨年物故した酒仙画家の平賀敬とよく話題にした。

戦後の飲み屋の話となるとキリがない。

東京を離れて暮らすようになってからなおさら酒場が恋しくなった。「白く塗りたる墓」のようなインテリジェント・ビルには縁がないが、木造二階建ての黒々と柱を磨き込んだ飲み屋には、こちらもあちらもそろそろ年貢の納め時だと思うから、駆け込みでお世話になる。

だからたまに東京に出ると下町に足が向かう。数年前まで渋谷の大学で語学教師をしていた。が、渋谷の飲食店には入らない。埼京線でいきなり十条に出る。十条の某酒場で昼間の学生とも先生方とも顔つきのちがう、ブルーカラーの中高年と隣り合わせてビールを干す。そこはあっさりすませて踏切を渡り、大衆演芸場のある商店街をずーっと東十条駅まで歩く。その商店街の、夢のなかで見た町の断片を継ぎ合わせて作ったような趣が好きだ。それにここまできたのだ。いって王子まで歩いて駅前公園裏の山田屋に寄ろう。

この本（大川渉、平岡海人、宮前栄『下町酒場巡礼』ちくま文庫、二〇〇一年）の読者なら山田屋はとうにご存じだろう。雨天体操場のようにだだっ広いお店の奥のほうがサラリーマンの小社交場、真ん中あたりがフリの客の席、入ってすぐの壁際に常連客が並んでいる。常連かどうかはすぐに見当がつく。フラスコからコップに焼酎を少量うつす。それにウィルキンソンの炭酸水を定量注ぐ。化学者の定性分析実験の手つきだ。一ミリリットルたりと定量を越えても下回ってもならない。

下町酒場にはざっと二種類ある。一つはご近所の衆の社交場としての酒場で、相客がほとんど顔見知りだ。もう一つは黙ってひとりで飲んでいても誰も干渉しないタイプのお店。下町酒場にかぎらずこれが酒場というものの常識だろう。一定の時刻に一定量の酒を、できることなら一定の席で一定の時間内に飲んでさっと引き上げる。だらだらねばらない。

これは現場で仕事をしている職人、職工の飲み方だ。段取りがきちっとしている。そういう職人、職工は、概して下町、といっても戦中に激増した東京周縁の中小工場地帯に住んでいる。千住、赤羽、田端、西へきて大井町、京浜蒲田。そこで以上のような下町酒場の気質が形成された。個人営業の職人がいるからかならずしも社交場として酒場を使う必要がない。ひとりで飲みにくる。そしてspiritsと、すなわち酒精《スピリット》、精神《スピリット》と対話し修行する。万一修行が過ぎたら、酒場の亭主や女将という導師《グル》がいて、「今日はそのくらいにしときなよ。」

下町酒場には面壁十年五十年を絵にしたような顔の古つわものがいる。酒精との、精神との対話を伊達《だて》にしてはこなかった。どうかすると塩ラッキョウをつまみにホッピーを飲んで瞑想に耽っている哲学者の顔をした角《かど》のハンコ屋さんみたいな人にお目にかかる。こういう人は浮気をしない。これと決めた一軒の酒場に毎日通う。これが正道だ。

『下町酒場巡礼』の著者たちはかならずしも特定のお店に通わない。次々に場所を変えて新発見をし、それを読者に報告してくれる。こちらはうれしいが、もしかするとご当人にとっては難行苦行ではないのか。この本の続篇では、飲み歩くうちに著者たちの「一人は尿に糖が出て一時通院、一人は腎臓結石の発作を起こした。残る一人も尿酸値が急上昇し、いつ痛風になってもおかしくない状態だ。」

そろそろ怪談じみてきた。命がけの飲み歩き。下町酒場巡礼。なるほど、少々神がかっている。修行だ、修行だ、修行だ。そんな声が聞こえてきそうだ。いや、これは冗談。このへんは著者たちが地方出身者か東京も山の手生まれであることと関係がありそうで、荷風散人のように偏奇館のある山の手が日常だからかえって異風の下町に好奇心を燃やすのだろう。読者にしたって生粋の下町育ちは、罰当たりにも、イタメシ、フランス料理に凝ったりしかねない。

命がけの酒場巡礼がおもしろくなかろうはずはないが、正式には「角〇酎酒《じゃく》グラス」とかいう、あの泡盛用の厚手コップをどこで売っているか、とか、下町酒場のスタンダード焼酎「宮」を求めて伊勢湾に面した小さな町まで足を延ばしたり、「怪しい炭酸水」の製造元をつきとめたり、とか、すこぶる唯物論的なコラムがまた本文以上におもしろい。最後に申し上げたい。酒場案内なら他にも腐るほどあるので、これを読んでその足で下町酒場に駆けつけるのは邪道、この本そのものを下町酒場的にたのしむのが正道、なのであります。

森軍医と長谷川砲兵　西洋料理はお断り

いまでこそフランス料理といえばグルメが目の色を変えるが、明治の初期にはそういうものにうんざりした人もいたようだ。それは陸軍士官学校の生徒たち。明治八年創立の陸軍士官学校では何から何までがフランス一辺倒。校内規則もフランス風なら、教育用語もすべてフランス語。なかでも三度の食事がフランス料理だった。昨今のように赤坂・青山にフランス料理屋が群立しているわけではないから、神戸や横浜にできはじめたいわゆる「西洋料理」で間に合わせた。

そのうち士官学校生のなかに原因不明の病気が発生した。日仏両国の教官たちが何だかんだ論議を交わすうちに病気はますますはびこる。そこへある日、さる日本人軍医が独断専行で強飯《こわめし》だか赤飯だかを日に一食だけ食べさせた。するとどうだ、わずか数日のうちに原因不明の病気はウソのように下火になったではないか。

この話は長谷川伸『我が「足許提灯」の記』の「鷗外の米食説」という随筆に紹介されている。後に明治二十一年、森鷗外がドイツ留学から帰国してからは、すくなくとも陸軍の兵食はおおむね素食（日本食）に改められたらしい。「森林太郎（鷗外）軍医がドイツから帰ってきたときは、恰度《ちょうど》、国内で陸海軍ともに兵食は、パンと洋食にすべしという説が有力になっていた。前にあるフランス模倣の士官学校のときとは違い、海軍の軍医総監高木兼寛の提唱であるから強力である。しかし、この説に森林太郎軍医は、新学説と、渡欧中の研究とを携《ひっさ》げて、日本人米食説を主張して対抗し、遂にパン洋食説を破った。」長谷川伸はそうつけ加えている。

鷗外はドイツ留学中の明治十八年二十四歳ですでに軍医総監石黒忠悳宛に『日本兵食論大意』を建白している。「我邦ノ兵ハ毎人毎日米六合ト金六銭、士官学校生徒ハ米六合ト金八銭ヲ給与セラレル」それに対して西洋各国の給与宜しきを得たる「ドイツノ兵ハ毎人毎日蒸餅《パン》七百五十瓦《グラム》、生肉百五十瓦其他一種ノ澱粉多キ食品ト食塩トヲ受領ス」

これに対して外国の医学者の間には米食（素食）の栄養の劣ることを主張する者もいるが、近来の研究では決してさようなことはない。日本兵は堂々と米を主体とする素食を摂るべきである。この主張は『非日本食論ハ将ニ其根拠ヲ失ハントス』から後年の『兵餉篇《へいしょうへん》』、『戦時糧餉談』まで一貫している。米食はパンにくらべて調理しやすいこと、海軍の艦船内にくらべて陸軍の輜重車《しちょうしゃ》ではパン焼釜を持ち運びにくいこと、なども戦時食には向かない理由として挙げている。裏を返せば海軍の兵食に西洋料理を当てることにはかならずしも反対してはいない。

『兵餉篇』の冒頭に日本の伝統的な兵食のことが記されている。「我平時ノ兵餉ハ古来ノ沿革詳ナラズ山鹿流ノ書ニ一人一日五合ト云ヘリ（中略）菅茶山ノ筆スサビニ亦曰ク一日五合ハ吾邦ノ通制ナリト」ちなみに菅茶山の一日五合説は、「大食会」というものが流行した際の大食のいましめとして書かれたので、ふつうは五合で「飛脚をもつとめ軍にもいづるなり」であって、本格的な「軍行には一升戦の日は二升のかては、其時々の事にて常にあらず。」（『筆のすさび』）

鷗外の兵食論は軍医森林太郎の立場から書かれたので、それ自体がただちに文学作品ということにはならない。しかしこれを実弟の三木竹二（森篤次郎）が『市区改正痴人夢』という脚本仕立ての戯文にしたいきさつが石川淳『三木竹二』に述べられている。明治二十一年の「東京市区改正条例」に対して鷗外は敢然と反対論を唱えた。こんなものは貧民の裏店をつぶし、「所謂東京ノ本地ヲシテ、無恙ナル楽土タラシメントスル」にすぎない。三木竹二『市区改正痴人夢』は、実兄鷗外を後方援護すべく、市区改正論者の貧民追放の悪だくみをおちょくった戯作だが、兄鷗外の応援団としては、それが兵食論に飛び火していく。それかあらぬか作中の医学生の曰く「（独逸在の民尾）先生が『肉食を廃すべし』といふ憤慨な建白書を送られた計りで軍人迄肉と麦を食料にした冗な費が省かれて日本人が始めて米の飯と沢庵でも決して『ビフテキ』や麵麭《パン》に蛋白の有ると少しも違ひハない有難い者だと覚ったのさ。」

医学生にそう言わせている三木竹二自身が当時東京帝大医学部在学中の二十二歳の青年医学生である。つまり彼自身の見解に等しい。とまれこうして素食ではなく洋食を兵食にせんとする軍の方針は、新帰朝者森林太郎医博の論鋒を前にしてあえなく潰《つい》えた。それかあらぬか『我が「足許提灯」の記』の長谷川仲は、後に明治三十七年兵の野戦砲兵として軍務に就き、「三年兵役の間中、今いった話のお庇《かげ》をもちまして、パンと洋食の憂き目をみずにすんだ」そうである。

大酒大食の話

酒飲み合戦

讃岐国高松に津高屋周蔵という大酒飲みがいた。ふだんは人なみに肴を用意してちびちび飲《や》る。ところがいざ飲むとなると玄米と生塩を肴に、飲むほどにその数量いくらということをしらない。そこへある日、周蔵の檀那寺に日蓮宗の僧がふらりと訪ねてきた。かねて聞き及ぶには、この土地に周蔵という大酒飲みがいるとか。願わくは、その御仁と会って飲みくらべをいたしたい。

周蔵、挑戦を受けて立った。しかしせっかくなので、この機会に近在の酒徒を集めて酒飲み大会を催してはどうか。諸方に呼びかけると、五十人ばかりの我と思わん大酒飲みが集まってきた。周蔵と日蓮僧が上の座をしめ、玄米と生塩を肴に飲みはじめ、ややあって「はや足れり」と盃を伏せた。「その升数をはかるに、壱斗四升八合とかや」。一人頭にしても七升四合だ。

他の自称大酒飲みはどうしたか。あいだに二、三升は干したものの、頭痛や嘔吐の発作でみるみるバタバタ倒れていった。それを後目《しりめ》に、周蔵と僧は家までの一里あまりの道のりを、折からの雨に雨具をつけ高足駄をはいて、「うちかたらひつゝかへりけるとぞ」。

天保二年のことだそうで、江戸の国学者山崎美成の随筆集『三養雑記』にある話である。『三養雑記』には別に「焼酎の害」も記録されている。さる諸侯の馬の口とりを務めている馬方がいた。酒では一向にきかないといって焼酎を飲む。ある日酒屋で五合の焼酎をもとめ、ただの五口で飲み干した。見ていた人びとが驚いて、もう五合どうだ。それもあっさり飲み干して、それ以上は無理だろう、と野次馬がいうと、あればいくらでも飲むというのでまた五合。これも苦もなく飲み干した。

そろそろ野次馬がさわぎだした。そこで店主が出て一部始終を聞き、いくら何でもこれ以上は無理だろうと訊くと、うんにゃ、あれば飲みたい。で、また五合。今日という今日は充分に飲み足りて、馬方、鼻歌まじりに馬を曳いて帰って行く。

そこまではよかった。さて、厩に戻った焼酎男、まずは一服とばかり煙草を吸いつける。とみるまに口から炎を噴きだし、「あっとばかりに身うちふすぼりて、卒倒したりとかや」。人間ポンプがガソリンを飲んで口から火を噴くように、煙草の火種が焼酎に引火して火だるまになったのである。

ここで山崎美成は教訓をくわえている。「焼酎は、燃性のものなれば、多く飲みたらん後は、煙草を吸ふことは必しもつ《（ママ）》ゝしむべきことにこそ」。

火だるまになってまで飲みまくる貧乏焼酎党の末路はかなしい。ひきかえ津高屋周蔵のように自前で酒飲み大会を催すとなればそれ相応の財力が必要だ。だれにでもできるというものではない。しかし津高屋周蔵の讃岐国にはともかく、江戸にはそれくらいの大町人が腐るほどいた。形式的には武家に頭を押さえつけられている。とはいえ蔵には大判小判がごろごろしている駄々羅《だだら》大尽《だいじん》。たとえば蔵前の札差、なかでも風流を競って湯水のように金を使いまくった「十八大通《だいつう》」の名は音に聞こえた。

二代目伊勢屋宗四郎という「至て金遣ひの」札差、これがおみなという妾と幇間《たいこもち》五、六人を引き連れて柳島妙見に参詣した。その途次、おれが先に行って歩きながらおみなの口を吸う。後から追いついて現場を押さえた者には一両やろう。幇間ども勇躍して後を追い、チュウの現場を見つけては一両、また一両、十二回分のチュウを見つけて、ついに十二両せしめた。そうかと思うと、雪隠に行く度に大皿いっぱいに盛り上げた塩で手を洗い、一日一升ずつの塩を使ったという大口屋八兵衛などという豪の者もいる。

さて、蔵前の大通のなかでも稀代の酒飲みで鳴らしたのは、なんといっても珉里《みんり》こと元祖伊勢屋宗三郎だ。根岸に隠居して、根岸の酒呑童子の異名を奉られた。この「珉里四代の父たる者」、七十翁二三寿老人なる人物が著した『十八大通』によれば、珉里の大酒ぶりを聞き及んだ酒飲みたちが江戸中から酒合戦を挑まんものと訪ねてきた。はじめに応対に出るのは、堀熊童子や医者の自菴坊というような取巻きの手下ども。これに「まずは一献」とさされつさしつするうちに、いい加減グロッキーになってしまう。そこへ珉里隠居が二人の妾に伴われてのさのさ登場という段取り。ここで大宴会になり、さしも酒修行の道場破りも酔いつぶれて退散する。

金にあかせて手下どもを鳥天狗なみに駆使して道場破りを煙に巻く、大天狗珉里の手口はいささか姑息でないこともない。しからば、もっとフェアな、公明正大な酒合戦はないものか。それがあった。

水鳥記の酒合戦

蜀山人こと大田南畝《なんぽ》は齢六十一にして幕命により検地の旅に出た。文化五年十二月十九日から翌年四月三日までの四カ月あまりとはいえ、老いと孤独が身にしみる他国の空の下である。もっとも他国とはいえ江戸からわずか四里の多摩川流域、川をはさんで世田谷から川崎にかけての田園地帯を歩いた。その折の紀行が『調布日記』で、ここに大師河原の酒合戦の話が記されている。

文化六年三月九日、南畝は雑色の宿に泊まりそびれて稲荷新田の名主六郎左衛門の家に宿る。そして「此村の年寄四郎兵衛は石渡氏、水鳥記にみえし名主四郎兵衛の孫なり、此家にありし板本の水鳥記をかり得てよみつゝ酒のみてふしぬ」

翌日は快晴。四郎兵衛に屋敷を案内してもらう。むかしは家が建ちならび、庭に築山と池があり、池の橋に「下戸の輩不可渡《やからわたるべからず》」という立札があったとか。去年《こぞ》の雪いまいずこ。「むかしの酒徒を会せし所はみな畑うちて、あとのみのこれり」。すなわちここらが水鳥記にいわゆる「大師河原の酒合戦」の舞台だったのだ。ちなみに水鳥の水はサンズイ、鳥は酉だから、合わせて酒になる。したがって水鳥記とは戦記をもじった酒合戦記のこと。慶安年間（一六四八～一六五二）に大師河原で大がかりな酒合戦が催され、その折りの古戦場の面影が残されていたのである。

水鳥記のことは山東京伝『近世奇跡考』にもみえる。

「水鳥記。［割註］一巻あり。樽次の自作。底深と酒合戦の戯書なり」

酒合戦のことについては、「酒戦《しゆせん》［割註］慶安の頃、大におこなはる。樽次、底深両大将となり、敵味方とわかれ、あまた酒兵をあつめ、大盃をもつて酒量をたゝかはしめて、勝劣をわかつたはぶれなり」

合戦の一方の大将の大蛇丸底深は、南畝が稲荷新田の四郎兵衛宅の次に訪れた大師河原村名主池上太郎右衛門の同名の祖先だった。池上家には往時の合戦をしのばせる品々が遺されている。たとえば「蜂龍の盃」。「盃中に蜂龍盤の猫金あり」という酒合戦用の大盃だ。蜂龍盤の絵謎は、南畝も京伝もひとしく、「蜂はさし龍はのみ盤は肴をはさむなるべし」と解いている。

慶安から南畝の『調布日記』の文化六年までには百六十年のへだたりがある。人びとはしかし慶安の酒合戦を忘れていなかった。池上家では「盃も制札も墨染の箱におさめてみだりに人にしめさず」であったが、それでも春になると酔客が花見がてらにやって来て、見せてほしいとせがむ。そこで別にもう一つ蜂龍盃をあつらえてダミーにしたとか。

京伝『近世奇跡考』の考証にもどる。合戦の両大将は何者か。まず池上太郎右衛門の祖先底深。「武州大師川原に、大蛇丸底深と云ふ富農あり。樽次におとらざる大酒にて、酒友門人おほく名高き人なり。其子孫今に栄ふ」。南畝が会った当代の池上太郎右衛門が「其子孫」だったわけだ。南畝は前月の二月四日にも稲荷新田の富農孫左衛門宅を訪れて、孫左衛門の父が合戦に際して底深を補佐した底広という風流人だったことを耳にしている。なお池上太郎右衛門は日蓮に帰依した池上宗仲の末孫、小田原城落城以後、大師河原村に土着して石高二百石に及ぶ富農にのし上がった。

　ここでいよいよ地黄坊樽次の出番になる。京伝によれば、「慶安の頃、江戸大塚に、地黄坊樽次と云人あり。［割註］実名茨木春朔、某侯の侍医なり。古今希有の大酒にて、酒友門人甚だおほく、其頃名高き人なり。又狂歌をよみぬ」。なお小石川柳町祥雲寺に樽次の石碑があるとされ、正面に不動像、右面に酒徳院《しゅとくいん》酔翁《すいおう》樽枕《そんちん》居士《こじ》とあるというのだが、これは京伝の誤説だろう。石碑は現在池袋の祥雲寺に移されているが、こちらの碑の実名には三浦樽明とある。樽明も大酒豪にはちがいないが、地黄坊樽次とは別人で、十方庵敬順『遊歴雑記』の考証によれば、三浦新之丞樽明は小石川の小笠原信濃守の藩士三浦源右衛門の実父だという。

　一方、地黄坊樽次のほうは酒井雅楽頭の侍医。酒井家の大塚下屋敷に住み、和歌をたしなみ書をよくした。腰を据えて酒を飲むと軽く一斗五升を傾けるという、向かうところ敵なしの大酒豪。これが大蛇丸こと池上太郎右衛門行種と大師河原において雌雄を決したのが大師河原の酒合戦だった。この酒合戦は後を引いた。それから百六十六年後の文化十二年十月二十一日、今度は千住の宿で、後世に『後水鳥記』の名で記憶されている大酒合戦が挙行された。そして奇しくも、この千住酒合戦を企画したのも、そのいきさつを『後水鳥記』にまとめたのも、蜀山人大田南畝だったのである。

小杯の害

大酒大食の会で世の評判を呼んだのは、文化十四年丙丑二月二十三日両国柳橋の万屋八郎兵衛方で行われた興行である。この話は馬琴の『兎園小説』にも、はかに『文化秘筆』という書物にも記されている。両者とも情報源は同一らしく、多少の異同はあるものの数字的には似たようなもの。ただ現代とは度量衡の基準が異なるうえに、殊に『文化秘筆』は、二田村鳶魚《えんぎょ》によれば、もっぱら意識的に嘘譚ばかりを集めた随筆集なのでそのままうのみにするには及ばぬようだ。

まず酒組では、堺屋忠蔵（丑六十八）が三升入り盃にて三盃。同六盃半が鯉屋利兵衛（三十）。これは「其座にて倒れ、よほどの間休息致し、目を覚し茶碗にて水十七盃飲む」。次に五升入丼鉢にて壱盃半が天堀屋七右衛門（七十一）。この人は「直に帰り、聖堂の土手に倒れ、明七時迄打臥す」

ちなみにカッコ内は年齢である。三十歳の鯉屋利兵衛がよし三升入り盃六盃半を飲めたにもせよ、六十八歳、七十一歳の堺屋忠蔵や天堀屋七右衛門が一斗弱、七升強を一気に平らげて即死しなかったというのは信じられそうにない。しかしこちらも若い頃はかなり乱飲した覚えがあるので、まあ二升までは信じられないことはないとして、甘いものに弱い身としては次の菓子組に恐れ入るほかない。

丸屋勘右衛門（五十六）饅頭五十、羊肝《ようかん》七棹、薄皮餅三十、茶十九はい。伊予屋清兵衛（六十五）まんぢう三十、鶯餅八十、松風せんべい三十枚、沢庵の香の物丸のまゝ五本。いずれも当節なら定年退職後の高齢なのが尋常ではない。糖尿病の心配はないのか。さらに飯組は「常の茶漬茶碗にて、万年味噌にて、茶づけ、香の物ばかり」とあって、トップは七十三歳の和泉屋吉蔵の飯五十四盃。たうがらし五十八。上総屋茂左衛門（四十九）の飯四十七盃。三右衛門（四十一）飯六十八盃醬油二合。

鰻組とあるのがどうもよくわからない。食べた量が金額で出ている。金壱両弐分うなぎすぢ、吉野屋幾左衛門（七十五）。『文化秘筆』のほうでは同一人物らしい「よし野や幾右衛門（五十一）」が「筋代一両三分」とある。すぢ（筋）というのはうなぎのこと。それを一両弐分または三分たいらげたということは、どの程度の量を意味するのか。

参考までに、宮川曼魚の随筆『深川のうなぎ』が京伝の『通言総籬《つうげんそうまがき》』を例にとって当時（天明）の蒲焼きの値段を説明しているのを紹介しておこう。道楽者の若旦那艶二郎が取り巻きの太鼓医者思庵と船宿の亭主の喜之助をつれて堀江の船宿で三人分の蒲焼きをあつらえる。お値段は南鐐《なんりよう》一片、すなわち二朱。一両の八分の一に相当する金額だ。一両で八×三人前＝二十四人分。一両二分ならそれに上乗せして約三十人前をペロリとたいらげた。

蕎麦組は「各二八中平ニテもりアグ」とあって、桐屋五左衛門五十杯、鍵屋七助四十九杯、山口屋吉兵衛六十三杯。こちらは概して四十代が多いところを見ると、値段の安い蕎麦には若い者が勝ち、鰻や酒のような値の張るものは功成り名とげたご隠居さんが有利とわかる。ということは、以上の数字、酒や鰻の高齢者の勝者は助っ人を見込んだのではなかろうか。ルールがわからないので、いま一つ納得がいかない。

大食大酒会の興行は江戸にかぎったことではなかった。黄葉夕陽村舎の詩人、菅茶《かんさ》山《ざん》の随筆『筆のすさび』に福山の「大食会」のことが出てくる。「いつのころか備前福山に、大食会といふものをはじめしものあり、其社《そのしや》の人皆夭折《わかじに》せり、ひとり陶三秀といふ医者ありしが、これははやくさとりて其社を辞して六十余までいきたり」

菅茶山は若い頃この医者に会った。異様に小食なので訳を訊くと、「其社中皆異病にて死し、おのれ減食してまぬかれしといふ」。その後近在の平野村にも大食会がはやり、多くの人が異病に倒れた。なかにも清右衛門という若者が遺尿すること多く、ついに尿意をコントロールすることができなくなって発狂して死んだ。大食は「食ふてすぐに食傷はせざれども、つもりつもりて不治《なおらぬ》の病となるなり」。成人病のいましめである。

大酒のいましめもある。備後中条村の三蔵という人の家僕に酒好きがいた。ある日、お前はどのくらい飲んだら気がすむのだと尋ねると、これまで心ゆくまで飲んだことはありませんが、まあ一升でしょう。そこで一升与えるとたちまち飲み尽くした。もう一升追加してやると、飲んでそのまま臥してその夜のうちに死んだ。

「すべて酒は小杯にて一日半日ものむは、覚えず量をすごしつもりては病をなす、大杯にておのれが量だけ一度に飲むものは、酒の力一時に出つくす故に害なし」。ちびちび飲むよりは一気飲みのほうがいいというのだが、さあどんなものだろう。

名無しの酒

階段を上る。どんどん上る。今時ちょっとお目にかかれそうもない大理石製の階段だ。各階ごとの踊り場にそれぞれ思い思いの椅子が置いてある。なかにはヴァン・ゴッホ風の古い椅子も。ここらで一服してはいかがというサインか。

エレベーターなんかない。それがあれば、バー、クラブの類が密集して、今頃はそろそろきれいどころの夜の蝶がそこらにひらひらしているはず。なにしろ銀座のド真ん中、並木通りも五丁目の目抜きの場所である。大理石製の階段といい、昔はさぞや、とびきりモダンなビルだったのだろう。

やっとこさ最上階の六階に来た。どうやらここは、真ん中の廊下を境に、ふり分けの住居空間だったのではあるまいか。いまは三つある部屋の一部屋が小さな画廊になっている。残る一部屋が事務所兼キッチン。

知る人ぞ知る画廊ビル中の第六天国である。物故した高名な美術評論家の女友だちが細腕一本で経営している小画廊。展覧中の作品もだが、ここに寄ると、だれかしら知り合いに会えるので、銀座に来るとつい六階まで登山するはめになる。

　事務所兼キッチンの方からどっと笑い声が聞こえてきた。のぞいてみると、案の定、知り合いの画家が何人かいて、コップに一升瓶からどぼどぼ注いで、「まあ、一杯」。一升瓶にはラベルがない。密造酒くさいな、と思いきや、それが今時はやりのジューシーな日本酒というのか、臭みがなくてすいすい喉を通ってしまうのが意外だった。

　聞けば、青梅在住の画家Yさんが地元の美術家（というより飲んべえ）有志と千葉の奥のほうに水田を借り、夏場は草取りなどにわざわざ千葉まで出働きに行って、ついに秋は豊作。できた米は冬場に地元青梅の蔵元で仕込んでもらって、自分たちの納得の行く酒に仕上げているのだそうだ。だからまだ名無しの酒だ。

「どうですか」ときかれた。ぼくはこれほど芯まで研ぐより、多少重ったるい感じの残る酒のほうがいいな、と言うと、そうですか、この次はそれもやってみましょう。

　それからその名無しの酒を何本か取り寄せた。出来年によって微妙に味がちがう。しかしおおむねご婦人向きにジューシーなのがやや飽きがくる。そのうちにこちらの体調がおかしくなって、銀座の六階ビルにもめっきり足が遠のいた。名無しの酒もしばらくご無沙汰になっていた。

　そういえば風の便りに、六階ビルのあの小画廊も後継者難で店を閉めたとも聞いた。

あそこでなければ育たない美術家がいるというのではないが、あそこがあることで小体ながら好みの美術活動ができた人たちもいたろうに、惜しいことをしたものだ。

　こじつけになるが、六階画廊のオープニングで出逢った青梅の名無しの酒も小画廊の存在に似ている。今時六階までてくてく上っていって、ささやかな個展にめぐり会う。そこで出た酒が、そうでなければ飲めないというのではないが、それを飲むことで小体な酒なりに酒というものの味わいにもうひとつの広がりが出る。ご婦人向きだからといってバカにできない。そろそろ体調もかなり立ち直ってきた。六階まで上がるのは無理としても、また名無しの酒でも注文してみるか。

Ⅲ　雨の日はソファで散歩篇

永くて短い待合室

温泉といっても昔は湯治場だった。三七、二十一日が一廻り、それでも治らなければ二廻り、三廻り。まあ三廻りが限度で、それでも治らないのは「お医者さんでも、草津の湯でも」治らない、例の難病くらいのものだった。

それが「一夜湯治」に変わったのは江戸も文化年間からだ。大山講や富士講の講中が公許の宿場の小田原を迂回して箱根湯本に違法に宿泊したのが訴えられ、あろうことか、やぶ蛇で小田原側が敗訴した。一夜湯治、それも講中のような団体客が温泉宿の大得意になったのは、だからつい百五十年前ほどからのことなのである。

それまではまず何週間か長逗留するのが湯治場の常識だった。どこかの薬屋の広告ではないが、「自然は大きなホスピタル」で、自然のど真ん中の病院だった。それにボーッとしているのだから退屈する。小唄、端唄のお稽古をするか、それとも近くの名所旧跡を歩き回るしか退屈をまぎらわせる手がない。由緒のあるお寺、神社も数日で種切れになる。何かいい手はないか。自然にも歴史にもない物語の名所を作ればいい。一例が『金色夜叉』の貫一お宮。フィクションの人物が海岸の松林で痴話喧嘩をして、男が女を高下駄で足蹴にした。その瞬間のスナップが今は銅像に永遠化されて、松まで植えてある。貫一もお宮も架空の人物なのに、松は現実の植物である。瓢箪《ひょうたん》から駒。これの延長で、現代ではほんのちょっとのご縁故で誰それさんの記念館、美術館が林立する。こうして見るべきものが増えたわりには退屈する長逗留客はへって、万事にスピード好きな一夜湯治客が増えた。

これでいいのか。というより、そういう温泉のスタイルを自分は好むのか。ここで天《あま》の邪鬼《じゃく》は考える。歴史にも自然にも物語にも縁のない湯治場はないものか。純粋に湯治のためだけにある温泉はないか。長逗留だから料理旅館にはあきる。食事は自炊ならあきないけれど、それも面倒なら近くに食堂か弁当屋があるといい。ついでにそこらを散歩できればいい。気に入ったら部屋を借りて永住してしまいたい。そんな湯治場がいま思いついただけで数カ所あるが、ここではかりに別府の鉄輪《かなわ》と亀川を挙げておく。

温泉地に関するわたしの理想、というか好みは、そこにいるのが特別のレクリエーションではなくて日常であること。そこの共同浴場である日倒れて、そのまま救急車で運ばれてお陀仏になる、あの世行きの永くて短い待合室であること。

素白を手に歩く品川

お神楽が好きで方々のお神楽を見て歩く。それで商家の店先に来て、「あしたは雉子《きじ》の宮の廿五座で御座い」、などといって小銭をもらっていく爺《じい》さんがいる。別段おもらいが目的でない。そこでだれいうともなく「お神楽の庄さん」。子供たちが「庄さん飛んで見な」というと、お神楽のひょっとこの足つきでぴょんと飛んでみせる。「お泣きの勘こ」という、こちらはずっと年若い漂浪者《さすらいもの》がいた。子供たちにからかわれていじめられると、すぐにわあと泣き出す。勘こは何か芸のようなことをして町内の人に目をかけられていた。後には年上の新橋芸者のなれの果てという三味線弾きの女と組んで町を流した。

岩本素白《そはく》『素白集』に出てくる、素白が子供の頃を過ごした、まだ東海道の面影ののこっている品川宿の思い出に登場する「愚人」たちだ。品川界隈の思い出だけを書いた「東海道品川宿」には、別に愚人というのではなく、土地では手に入らないものを「東京」まで買いに行ってくれる「使い屋さん」や、戊辰戦争の敗者らしい小学教師、生一本の愚人の車屋のたろさんなどが顔を出す。

遊郭の町だけに善人ばかりはいない。目をそむけたいようなむごたらしい話も耳にした。子供心にもそれはわかっていた。しかしいざ思い出すとなると愛すべきお人善《よ》したちが目に浮かぶ。人びとは総じて、けたたましい貨幣経済とはなるべく無縁に、ささやかな分を守り、我勝ちに争い合うことをせず、つましいが上にもつましくひっそり暮らしていた。子供（十一歳までいた）の目で見た素白の品川宿は、谷崎潤一郎のいわゆる「まだ人々が《愚《おろか》》という尊い徳を持っていた」時代の美しい絵巻物の世界である。

岩本素白は国文学者（早大教授）として専門の枕草子や木下長嘯子《ちょうしょうし》の研究旅行で赴いた京都、戦中の疎開先の信州の紀行文も書いているが、何といっても品川宿をはじめとする東京の下町や、武蔵野の面影がのこっている郊外の散策記が絶妙である。荷風のような人の語りのこした東京を、いわば大人のなかの子供の目を通して微細に描き込んだ細密画を見る思いがする。

それはそうと、最近復刻された伊藤正雄『忘れ得ぬ国文学者たち』（右文書院）に素白の名を見つけて久しぶりに品川を歩きたくなった。前にもこんなことがあった。ハンガリー学者の徳永康元先生に思いがけなく恵与された豆本『黒い風呂敷』に、素白随筆を読んで品川宿を訪ねる一文がある。二度目にはお孫さんを連れて行かれたそうだ。そして大きな禅寺の寺域は鉄道・道路で分断されたが、小さな寺のわびしいたたずまいはまだ裏通りに残っているのをご覧になってこられたという。そこで一日、わたしも、旧宿場の面影が残雪のようにまだら模様を描いているその町の裏通りや横丁を、素白「東海道品川宿」を案内書にしてそぞろ歩いた。

長谷川伸描く街の芸

長谷川伸の実録や随筆の類が好きで古本屋などで目につけば購《もと》めている。『材料ぶくろ』、『明治の探偵』。どれもおもしろいが、いま読んでいるのは『我が「足許提灯」の記』というヘンテコな題の本だ。

「足許提灯」の題名は講釈師の二代目伯山の修行時代のエピソードに由来するらしい。これも含めて、総じて芸人の肖像スケッチ集の趣がある。歌舞伎役者、講釈師、職人、スリ、武家、学者、医者。スリあたりまでは、まあ芸の渡世というのでうなずけるが、学者、医者までを芸人扱いするのはいかがなものか。その学者というのが、一例が南方熊楠のことだといえば納得していただけよう。

医者。これにも傑物がいた。大野松斎という医者が嘉永二年に長崎から種痘の技術を携えて上京してきた。浅草三間町に居をかまえ、幼児とみれば種痘して歩いた。なにしろ種痘されると牛に化けると信じられていた時代のことだ。長屋のかみさん連中に総スカンを食った。子供におしっこをさせているかみさんがそのチンポを松斎に向けて放水する。そのうちに松斎の味方になるかみさん連が増えてきた。おかげで彼が亡くなる明治二十一年まで二十三万人が種痘を受け、天然痘患者が一人も出なかったそうだ。

機械による大量生産システムがなかったから、人は叩き込んだ腕一本で食っていくしかなかった。なにも芸道などとスゴむこともない。そこらの大道商人が芸で売った。ところてん売りなら頭の上に皿をのせ、空中七八尺までところてんをヤッと突き上げて頭の皿ですいと受ける。粟餅売りなら曲投げで餅をちぎり、キナコ、ゴマ、アンコの三つの木鉢に次々投げ入れる。それでいて出来上がった粟餅の大きさに大小がない。長谷川伸のいうには、「物を売るのに芸を用いた、しかも、その芸は舞台にも座敷にも用いられない、どこまでも道端の芸なのだが、すばらしい、とはいうものの、(中略)あとを承けてつづけるものも又ない」

近代工業社会がやってきて、一人一芸の時代は終わった。だれもが、だれでもやれる作業しかやらなくなった。その人でなければできない芸を目当てに客がくる、ということがなくなった。それからまた工業社会の満期期限の気配が見えて、身体芸の復権が云々《うんぬん》される。だけどとうに還暦過ぎて、いまさら一から身体芸だなんて。

そこで考える。いよいよ最後の奥の手、道楽の出番かな。そういえば幕末明治の変動期にも、殿様商売、旦那芸がはやった。その悲惨と滑稽の話も長谷川伸は書いている。もしかすると悲惨と滑稽も芸のうち、なのかな。

「飲中」「林泉」の至福

本を読む。しかしどこで読むか。明治の政治家で後に早稲田大学図書館長になった市島春城に「読書八境」なる随筆（『春城筆語』所収）がある。読書に最適の場所を八つ挙げた一文だ。その八つの場所とは、表現をすこし今風に変えると、旅中、飲中、喪中、獄中、陣中、病中、僧院、林泉。いちいちは説明しきれないが、邪魔が入らず独りになれる場所ということで大体お察しいただけよう。

春城には別に「読書の処則ち書斎」という随筆（『鯨肝録』所収）もあって、こちらはもっと論旨明快だ。どこであろうと読んでいる現場がすなわち書斎。なにも特別の話ではない。畳の上にゴロリと寝ころんで読み、読みかけの続きは電車のなかで読む。こういうのを「移動書斎」というのだそうだ。これだと世界中どこにいてもそこが書斎になる。たとえば獄中を書斎にした高島呑象がいる。若い頃何かのはずみで監獄にぶち込まれた呑象は出獄後の運を占うため獄中で易書を読み、これがきっかけで易学の大家になった。頼山陽が座敷牢に入れられて『日本外史』を書いたのも有名な話だ。

春城の移動書斎論には風変わりな書斎がどっさり出てくる。馬琴の友人、讃岐の松平家の木村黙老は室内に紙を貼《は》った大きな籠《かご》を置き、その中で読書した。ちなみに籠は軽いからどこにでも移動可能だ。伊勢の儒者奥田三角はその名の通り三角の書斎を作った。また春城の知人に普請狂の人がいて、別荘の庭園に二百六十度回転する書斎を作った。四方の景観がたのしめるのと、日光を自在に浴びたり避けたりできる便利のためだという。読書八境流にいえば「林泉」の類だろう。

それほど奇を衒《てら》わずとも、ごく平凡でありながらよく考えると奇妙な書斎もある。さしずめ唐宋八大家の一人欧陽脩《おうようしゅう》が名文を生む場所として挙げる、「三上」がこれに当たる。三上とは、馬上、船上、厠《し》上。馬上、船上はいずれも交通機関で移動中に読むことだから、通勤電車を書斎代わりにしている現代人にも通じる。三番目の厠《かわや》については、「事実厠は机案の上よりもよい思索場で、虚心のため意外に名案もうまれる」、と春城。これにウンと言わない人があれば、その人は読書の快楽にも排便の快楽にも見放された人だろう。

春城は、昔の遊歴者が持ち歩いていた、本箱にも机にも肘かけにもなる、医者の薬箱のような極小の移動書斎にも言及しているが、これなら私も一つ持っている。主婦が買い物のおりにかついで行く、大きくてやぼなリュックである。これに何冊かの本と缶ビールをぶち込み、散歩の途中海岸や眺めのいい山の上に陣取り、読みながらビールを飲み、目が疲れるとぼーっと風景を眺める。これ、安上がりの「飲中」プラス「林泉」のつもり。

七転び八起きの町へ

今年は記録的な長梅雨だったという。目をさますと雨か曇天。ただでさえ梅雨ぎらい。からきし元気がなくて、一日中ソファに寝転がっている。ごろごろしているうちにふと新宿に行きたくなった。かれこれもう十年ほど新宿にはご無沙汰している。真鶴の家から小田原に出てロマンスカーで一時間十分。ちょっとした通勤距離程度なのにここ何年か新宿の顔を見ていない。いつの頃かふっつりと夜遊びをやめてしまったからだ。

それからは思い出のなかの新宿を反芻するだけ。世代交代した町が肉体的に重荷になってきたせいだろう。七〇年代頃までこの町で遊ばせてもらった世代にとって、ここはまるきり別の町になってしまっている。しかし新宿の変化は代々こんなものだったようだ。

紀伊國屋書店社長で作家の田辺茂一が昔を回顧した『わが町新宿』（サンケイ出版、一九七六年）のなかに、少年時代の新宿に大きな池があって小舟がもやっていたという、まるで南画の桃源郷のような土地の情景が出てくる。おそらく現在の歌舞伎町界隈、それもコマ劇場のあたりの往年の風景だろう。

それかあらぬかもう一人の新宿っ子作家野村敏雄も、府立第五高女設立にまつわる回想のなかでそんな風景を彷彿とさせる思い出話を披露している。

「第五高女の設立は大正九年である。ここはもと肥前大村藩主の鴨場だった。鬱蒼たる森林に囲まれた鴨池は、中島を二つも持った大きな池で、池の畔に弁天様が祀ってあった。地元ではこの濃密な緑の鴨場を《大村の森》とよんでいた。」(『新宿っ子夜話』青蛙房、二〇〇三年)

明治になってから尾張屋銀行頭取の峰島茂兵衛が買い取り、森を伐採して宅地造成した。それを峰島未亡人が私財五十万円を投じて東京府に第五高女として寄付した。第五高女は空襲で跡形もなく焼失。中野に移転した。あとに焼け野原が残った。

その焼け跡の原っぱにコマ劇場が建ったのは六〇年安保騒動の翌年昭和三十六年。つまりコマ劇場およびその周辺の歌舞伎町は鴨池の埋立地が歓楽街に化けたのである。道理でいまだに歌舞伎町にはネギを背負ったカモが集まる。

閑話休題。さて、かくいうわたしはコマ建設工事中の昭和三十五年頃、当の歌舞伎町近辺に住んでいた。だから名残の鴨池の片鱗ぐらいには接している。その頃は毎夜、朝方まで新宿のどこかで飲んでいた。そうしてうっすらと明り初めた空の下を千鳥足でご帰館あそばされる。

めざすヤサは、職安通り裏手の教会の隣、新宿駅方向から向かうとコマ劇場脇の坂道をあがって閑静な住宅街に出るとっぱなにある木造アパートだ。コマ劇場の工事現場もまだ整地がはじまったばかり。ただもうのっぺらぼうの原っぱを横切って行くのだった。そのうち建築工事用のベニヤ囲いができた。とはいっても夜ともなれば人通りもなく、しょっちゅう強盗・強姦魔が出没した。

借りていた部屋は三畳一間。台所便所共用。家賃五百円。これは隔週ごとに足立区西新井の近親者の家に下着を洗濯してもらいに行くのに乗る、ルノーの小型車タクシーの片道運賃より百円ほど安かった。

なにしろ鴨池の上に建った盛り場だからゆらゆら水上を漂っていて確固とした基盤がない。そこが新商売を立ち上げるつけ目でもあるのだろうが、もともとが変わりやすい土地なのだ。たとえていえば浅草田圃の沼地を埋め立てて造成した浅草に似ている。げんに時代はずっとさかのぼるが、新宿の基礎を作ったのは浅草を開発した旦那衆だった。

江戸の四宿といえば、開府当初は東海道の品川、中山道の板橋、日光街道の千住、甲州街道の高井戸。このうち五街道の出発点の日本橋から高井戸までは四里八丁。他にくらべて遠すぎるというので、あらたに中宿《なかじゅく》を設けた。だから新宿である。

そこへ浅草の高松喜六をはじめとする六人が五千六百両という巨額の上納金をおさめる約束で、高井戸の代わりに内藤新宿を新宿にする許可を得たのが元禄十一年（一六九八）。宿の新設はいうまでもなく遊郭設立が目当てだ。たちまち内藤新宿の遊郭がにぎわった。

内藤新宿開駅から二十年後の享保三年、新宿遊郭は突然お取り潰しになった。どうかすると血の気の多い旗本の二、三男がまだ肩で風を切っていた時代のことだ。新宿遊郭にもその手の鼻つまみがいた。旗本四百石の内藤新五左衛門の弟大八。これが信濃屋という遊女屋にあがって、他の座敷に出ているなじみの女をこちらにもらい受ける貰引《もらいび》きの件から話がもつれ、信濃屋の下男たちから袋叩きの目にあった。

事の次第を知った当主の内藤新五左衛門は家門の恥と大八に切腹を命じ、首切り浅右衛門に斬らせた弟大八の生首を大目付松平石見守乗邦のもとに持参して、自家の取り潰しと弟の首とを引き替えに内藤新宿をお取り潰し願いたいと申し出た。喧嘩両成敗。盛業中の新宿遊郭があっというまにお取り潰しになった。

岡本綺堂の戯曲「新宿夜話」はこの事件をモデルにしている。内藤新五左衛門の名を齋藤甚五左衛門と変えているが、他は大八をはじめほぼ実名。事件から四十年後に新宿も外れの旅籠に旅の老僧が一夜を過ごす。そのときの旅籠の亭主とのやりとりに事件の当時と現在の新宿とが対比されるくだりがあって、どうやら老僧は齋藤甚五左衛門の今ある姿らしい。遠くから妓楼のさんざめきが聞こえてくる。永代取り潰しのはずだった新宿は四十年後にちゃっかり再興していたのだ。では、弟の牛首は何のためだったのか。

綺堂の「新宿夜話」は作者も中年過ぎての作なので、事件の血なまぐささのわりにはすべてが過去の出来事として洗い流され、無常感を通して淡い諦念にいろどられている。

現実にはしかし新宿遊郭はその後も鈴木主水と遊女白糸の心中事件をはじめとして心中のメッカとなり、かならずしもしっとりと落ち着きのある色街にはならなかった。それどころか何度も大火にあっては再興し、そのたびに外部の人間が大量に流入した。浅草との縁はまだ続いていて、関東大震災後、吉原、深川、亀戸の遊郭が焼けた後、下町のお女郎さんの引き取り先は新宿だった。そのせいか、新宿は山の手にありながらいまだになにがなし下町のにおいがする。というより山の手と下町、江戸と（甲州街道沿いの）田舎、という異質のものを掛け合わせた奇妙な味がある。

天明期の新宿遊郭は文人の遊んだ土地として知られた。ろくすっぽ人家のない原野のようなところである。ほかには遊郭しか遊ぶところがなかったといえばそれまでだ。新宿には当時平秩東作《へずつとうさく》という狂歌師がいた。馬借家業を営むかたわら狂歌の世界で平賀源内や大田南畝と親交を結んでいた。

平秩東作は男色家といわれる源内を一夜新宿の茶屋に遊ばせたり、源内と大田南畝を仲介して南畝の処女作「寝惚先生」の序を源内に書かせたり、いまでいうフィクサー活動をかなり派手にやりまくった。現実にも薪炭製造や材木商などの事業を立ち上げたり、蝦夷に渡ってなにやら調査をしたり（田沼意次の密令によるともいう）、山師的な行動をした人物として知られている。この人が当時の新宿のいわばドン。ほど近い牛込に住んでいた大田南畝はそのせいかよく新宿に足を運んだらしく、新宿遊郭が舞台の「甲駅新話」を書いている。

甲駅というのは甲州街道の宿駅というほどの意味。そこの遊女屋の一夜の話である。堀之内の御祖師様に詣でた帰りの谷酔《やすい》と金七の二人組。御祖師様詣でとは名ばかりで、じつは帰途は新宿で登楼するのがねらい。遊客はさまざまで、方言丸出しで笑いものにされる田舎客の孫右衛門がいるかと思えば、ことごとに半可通をふりかざして嫌われる谷酔、初心《うぶ》なのがかえってもてる金七と、それぞれに寓意的な性格の面々である。共通なのはしかしいずれもなじみ客ではなく、通りすがりや何かのついでのふりの一見《いちげん》さんであること。このあたりが大通《だいつう》がなじみの遊女に通う吉原とはちがうところだろう。

新興遊郭の新宿は客も遊女もにわか仕立ての寄せ集めなのである。だから馬糞臭い土地柄を洒落本の材料にされる。しかし裏を返せばそれは、人間関係において異質のもの同士が結びつく機会《チャンス》が多いということだ。すでに定型化した他の町にくらべると、新興の盛り場は異質のものが雑色的に共存している。

それはなにも天明期の新宿にかぎらない。韓国人、フィリピン人、中国人、アメリカ人、その他が雑然と共存している今の新宿だってそうだ。いや、それ以前にも、ここでは国内の他県人同士が結ばれたり離れたりしていた。

新宿地つきの作家柳静子の『新宿・遊郭のあったころ』（ドメス出版、一九九八年）に「けさみねえさん」というきれいな東京言葉で書かれた一章がある。福島から上京して廓入りした、美人で気だてのいいけさみねえさんは「河田町の病院のインターン」とわりない仲になる。父親の地方病院の跡を継ぐはずのインターンに娼妓との結婚の許可が下りようはずはない。インターンは仕送りを打ち切られる。

二人はそれでも懸命に働いて愛の巣を維持しようとするが、ところへ戦争勃発。男は軍医として戦地に派遣され、けさみねえさんは台湾の軍の慰安婦に。やがて終戦。それぞれ別々に引き揚げてきた二人は、廃墟の新宿遊郭で相手の消息を必死になって訊ねまわるが、そのたびにすれ違ってしまう。

こうしたカップルはその頃かぎりのものではあるまい。新宿はいつもアイデンティティーをうしなった人間同士の寄り合う土地だった。げんにわたしが借りていた家賃五百円の部屋も韓国人（北朝鮮人だったかもしれない）が家主で、階下に大家族で住んでいた。

異質なものが雑然と隣り合わせて、そこからなにか新しい文化が生まれる。新宿がそんな町だったのはしかし、七〇年代あたりまでだったのではないか。

バブル経済、グローバリゼーションと続いて経済効率本位の町並みに再編されると、昭和ヒトケタ世代には思い出の手がかりになるような片隅《コワン》が次々に視界から消えていった。それはそれで次世代には好都合なのかもしれないが、経済効率本位で吸い上げたマネーはどこか別の国に流出してしまっているのではないか。

『新宿っ子夜話』や『新宿裏町三代記』の作家野村敏雄氏の幕末以来の新宿遊郭回顧談を愛読しているが、それは別としておそらく一番若い世代の新宿遊郭回顧は辻中剛の小説『遊廓の少年』あたりだろう。余談ながら、この小説は今村昇平監督の目にとまり、石堂淑朗脚本で映画化が企画されたが、なぜか突然頓挫した。聞くところでは、アメリカ国籍のプロデューサーがせっかく調達した資金を持ち逃げしたのだという。油断も隙もあったもんじゃない。生き馬の目を抜く新宿を出し抜く凄腕がいたのだ。なにしろ鴨池の上に立てた町である。地下に埋められた鴨池の無意識層にそれなりのエサをあげておかないと、やがては地下は空洞化し、一挙にドボンと町全体が沈みこまないともかぎらない。そんなのはまあよけいなお世話で、七転び八起きの新宿のことだからまた立ち上がるだろう。

そろそろ雨があがる。腰を上げて、どれ、見逃していたタイタニック号沈没の映画でも新宿の再上映館に観にいくか。

寺のない町

東京には寺がない、とは言わないまでも、環状線の内側はともかく外側にはほとんど見るべき寺はない。上野寛永寺、芝増上寺、小石川伝通院、音羽護国寺と数え上げると、江戸の名刹はあらかた環状線の内側にある。染井墓地、雑司ヶ谷墓地、青山霊園といった明治以来の墓地もそのあたりにある。遅れてやってきた明治以後の上京者の墓地は、わたしの家もそうだが、多磨墓地のようなとんでもない郊外にある。いずれにせよ東京も環状線を離れると、これといっためぼしい墓地はさほど数多くはないのである。

関東から西へ行くと事情は違ってくる。人並みに奈良・京都や鎌倉見物に出かける年頃になると、いわゆる寺町というものが当たり前にあることを初めて知った。旧江戸はともかく、新興都市東京の、それも環状線外側の新開地に生まれた人間は、各宗派の菩提寺がずらりと並び、それぞれ何代にも及ぶ定住者が根を下ろして祖先を供養する環境を知らないのである。

わたしが生まれた町も関東大震災以後、下町を焼け出された人びとや、それ以後の急速な軍需工場設置にともなうさまざまの地方からの人口流入でつぎはぎの、にわかモザイク状に出来上がった新開地だった。豊島区池袋。今の池袋から想像してもらっては困る。低湿地に出稼ぎ労働者用のにわか長屋が建て込み、やや高台には新聞記者、俳優、画家といったハイカラ人種のモダンな住宅が点在する典型的な新開地だった。

住民は、九州、沖縄、朝鮮半島、北海道のような、概して辺境から集まってきた人びと。そこに住んでいるからといって地縁のつながりはない。当時も今も、東京という所は出稼ぎの場である。功成り名遂げたら郷里の先祖代々の菩提寺に寄進して錦を飾りたい。東京の住まいもそれがある町も、しょせんは仮住まい。いずれは通り過ぎて行く中継点にすぎない。

そんな土地柄だけに宗派ごとの菩提寺といったものはなかなか（いや半永久的に）出来にくい。うぶすな神の土地を離れ、地縁や血縁に根付いた宗派信仰から遠く、何の手がかりもない東京という荒地にやってきた人びとには頼みにできる宗教施設がまずなかった。いっそ新興宗教のほうが頼みになるのか、生家の近所には天理教の教会が何軒かあった。

寺はどうか。くり返すようだが、歩いて気軽に通える距離に寺らしい寺はなかった。

駅前から要町に降りる坂の途中に祥雲寺、反対の東側川越街道沿いに重林寺。いずれも子供の足で十五分はかかる。

では、お線香の匂いをまったく嗅がなかったかというとそんなことはない。法事のたびにきてくれて、お経をあげてくれるお坊さんがいた。ちなみに戦前の東京で、玄関先から座敷に上がって家族の相談に乗ってくれる人といえば、医者とお坊さんしかいなかった。病人が大学病院に通入院するようになったのはごく最近のことだし、法事もしかるべき施設にこちらからはるばる各種交通機関を乗り継いで行く。そこで接触する僧職者の多くは初対面、二度とはお目に掛からないというのが相場だろう。医療も法事も日常生活とは隔離された別のところで営まれている。

わずか六十年前のわたしの子供時代はこうではなかった。お医者さんと坊さんは各家庭の内情に通じていた。家族の消息もくわしく把握していた。

そういうお坊さんがわが家にもよく顔を見せていた。ただ法事を済ませお経を読んで、はいさよならではない。家族の進学問題、親子や兄弟姉妹間の葛藤、偏屈な性格の問題児（わが家ではもっぱらわたし）の扱いまで、何事につけ相談に乗ってくれるのである。

兄や姉の進学問題に親身になってくれるのは、子供の頃の彼らをよく知っているからだ。大松さんは家から四、五分の商店街のはずれで小さな幼稚園を開いていた。浄土真宗のお坊さんだから、その幼稚園がいちおうは寺ということになる。見たところはしもた屋の一室を三十畳敷きくらいの広間に改造して、そこに園児を集めて奥さんといっしょに面倒を見ている。長兄から長姉、次姉まで、わたしより年長の兄姉はみんなここに通った。わたしだけは新設の別の幼稚園に通わせられたが、それでも何かの折に姉に連れられて何度かここを訪れた記憶がある。

うっすらと憶えている。花祭りに大勢の子供たちにまじって甘酒をのんだ。おそらく偽記憶だろう。迦陵頻伽《かりょうびんが》の妙なる声音とともに沙羅の花咲き乱れ、白象の侍る青々とした大地の上に寝釈迦がごろりと横になっている。それが今も目に浮かぶようだ。きっと当日の壁にそんな仏画が掛かっていたのだろう。

大松さんはお説教はしなかった。ただニコニコ笑っているだけだった。問題児だったわたしが理髪店や歯医者に行きたくないので路上で母に駄々をこねているのをみつけると、さりげなく頭をなでてニコニコ笑顔を浮かべている。それだけ。だがそれだけでこちらの不安や恐怖を水に流してしまうふしぎな笑顔だった。

大松さんもお坊さんであるからには、しかるべきお寺で修行を積んだことがあるのだろう。教学もしっかり身につけておられたのだろう。しかしそんな気配は露ほども見せたことはない。教養やことばを通じて人を説教するのではなかった。じかに身体や表情を使って意のあるところを伝える。いや、伝わらなくてもかまわない。鈴木大拙の『日本的霊性』に出てくる妙好人《みょうこうにん》のように、教典や教義の媒介なしに直接ジカに仏の声を耳にして自足する、得もいわれぬ法悦にたえまなく浴している人のようだった。

カトリックなら福者、仏教なら妙好人。宗派教学の専門家ではかならずしもない。浅原才市《さいち》のように下駄職人であることもあれば、物種《ものだね》吉兵衛のようにであることもある。市井のごくありふれた人の生き方をしていて、それでいて仏の声が刻々に直接《じか》に聞こえるのである。学僧や高僧よりこちらのほうが近づきやすい。

それにあながち妙好人でなくても、ふと気がつくと、身近のだれかれが妙好人のような無心の笑顔を浮かべていることがある。ときにそれが、顔なじみの郵便配達夫や近所のおばさんだったりもする。

友人にもその種の人物がいる。静岡の奥のほうに、どう見ても食っていけそうもない絵描《えか》きが住んでいて、この男がいつもニコニコ笑っている。すると近所の農家のおばあさんが米や野菜や梅干しを持ってきて、小一時間おしゃべりをして帰ってゆく。とどのつまり、帰り際に満ち足りた表情をしているのはおばあさんのほうなのだ。

彼はもちろん宗教家ではない。なのに農家のおばあさんは直感的に、こういう男こそが「こころのケアを見てくれる人（ゼーレンゾルガー）」であることを感得しているのだ。

わたしも屈託するとおにぎりを差し入れがてら遊びに行く。話らしい話はほとんどしない。彼が相変わらずニコニコしているのを見て、ビールの二、三杯も干してくればたくさん。身体思考で通じ合えればそれで充分。あらためて自分には名刹や霊山は無縁だと思う。奇特な人がいる。そこから放射してくる生《なま》の仏の声が聞こえる。寺のない町に生まれ育った人間には、それが身の丈に合ってるのだ。

寺のない町は六十年前にくらべて増えている。郊外を乱開発して団地を林立させた。もっと山奥には墓地が増設された。わたしも何度か行ったが、団地の葬式は味気ない。だからといって寺が新設されるのが望ましいだろうか。

あらまほしいのは寺院ではなくて人だと思う。正統信仰からすれば危険なあり方なのかもしれないが、現在の郊外団地に似た、戦前の新開地に生まれ育った人間の、身も蓋もない実感としてそう思う。

いかに贅美を凝らした広壮な寺院が聳立《しょうりつ》しようと、人びとの生活から孤立していては「真新しい廃墟」にすぎない。だれか（の笑顔）がバラバラの住民たちを宗教宗派を超えてソフト・ネットワークとしてつなげるのでなければ、町も地域も、そのなかに暮らしている人たちも、いつまでも仏頂面をしているほかないだろう。

松田という店

雨が降っている。外へ出るのが億劫《おっくう》だ。車もない。あっても運転できない。こんなときにはソファに寝ころがって、行きたい町に本の上でつきあわしてもらうのが分相応というものだ。ではどこへ行くか。今回はひとつ張りこんで、銀座といこう。

とぼしい書棚でも銀座の本となると何冊かはある。内田魯庵《うちだろあん》『魯庵随筆 読書放浪』、松崎天民《まつざきてんみん》『銀座』、安藤更生《あんどうこうせい》『銀座細見』、部分的な銀座スケッチなら木村荘八《きむらしょうはち》『東京繁昌記』、小島政二郎《こじませいじろう》『場末風流』、吉田健一『東京の昔』……。こう並べてみると平成の銀座本が一冊もないのが寂しいといえばさびしい。ナーニ、平成銀座は雨が上がってから自分の足で歩けばいい。いまは空飛ぶソファに寝ころがって、幕末明治大正昭和、銀座とあらば時代も場所も好むがままにござんなれ。どの時代の銀座でも飛んで行けるから大変ありがたい。それにお金もかからない。

まず物騒な話題から始めるというのはどうだろう。時は安政の銀座。松田という当時有名な大衆料理屋で二人斬り事件があった。八丁堀の剣道指南桃井の高弟の上田馬之助という剣豪が、丸の内の織田家の師範役中川俊造とその連れに喧嘩を売られた。馬之助、酔っぱらいに関わるのも大人げないと立ち上がる。帰ろうとして階段を二三段下りかかったところで、「挨拶なしに帰るとは失礼だ」というが早いか中川が斬ってかかった。馬之助、これをかわして逆袈裟《ぎゃくけさ》になぎ倒す。それから階段口まで下りたところで、連れが「中川の敵」と追ってきたのをバラリズン。一刀のもとに斬り捨てた。

これで松田は当分はさびれたが、また代がかわって繁昌した。その二代目松田のほうは内田魯庵の「銀座繁昌記」(『読書放浪』)にくわしく紹介されている。芝白金の菩提寺の墓参の帰り、松田で「鰆の照焼きときんとん蒲焼きでご飯を喰べるのが」内田少年にとっては無上の「楽しみだった」という。しかし松田の売り物は何といっても「手洗場《ちょうずば》」で、便所のいたるところに防臭剤をプンプン臭わせ、噴水を仕掛けて、水番がいちいち手に水を掛けてくれる。さながら明治文明開化モダニズムの極致だった。

店そのものは衝立で仕切った大座敷で大したことはない。「が、階子をトン、と昇ると廊下には絵硝子の灯籠が一間置き位に釣るされ、其の頃マダ珍しかった瓦斯が大広間に点火されていたから、其の下に座らせられた田舎の爺さま婆アさまは眼を円くしてブッ魂《たまげ》消て了った。」

二人斬りのあった初代松田のほうは、篠田鉱造によれば、「瓦葺《かわらぶき》の粗末な二階屋、料理も一朱と二百か二朱もあれば登って喰べられました」。また「安政の頃の銀座は今の三分の一ぐらいの道路《とおり》で、私の覚えていますのは、丸八の松沢、足袋屋のえびや、二丁目の酒屋山田屋、　丁目の葉茶屋河井ぐらいで、あとは覚えません。」(『幕末百話』)

文明開化前の銀座はそれくらい静かな土地だったわけだが、それは江戸時代の銀座がいわば場末だったからだ。今と違って銀座は京橋のはずれだった。「明治五年二月までの京橋は幅三間の擬宝珠《ぎぼし》のついた木橋。銀座通りは幅六間で、京橋を渡るとそれから南はその景観も、京橋以北に劣り、早くいえば『江戸』もはやここへ来ると場末である。」ここで例の松田がまた顔を出す。「松田という縄のれんのめし屋があり、その五、六間先に山東京伝の書屋《しょおく》があって、読書丸、子孕み薬などという売薬を鬻《ひさ》いだ。」(木村荘八『東京繁昌記』)

銀座煉瓦地が創設される明治五年までの銀座は、まさに京橋の場末にすぎなかった。新橋方面にいたっては「『御府内』と外との境」であって、尾張町《おわりちょう》も旧東京日々新聞社の社屋から先あたりは、「町筋もとぼとぼと『駅路』の様を成して、先にいった軒にわらじの下がった店などを散見し」(木村荘八)という有様だったようだ。内田魯庵の書いている維新後の銀座も、二代目松田だけをみるといかにもケバケバしそうだが、さほど急激に開けたともみえない。明治二十七年生まれの小島政二郎の思い出のなかでさえ、「大震災前の銀座は、今の銀座のように雑然混然としていなかった」という。ちなみに「今の銀座」の「今」というのは戦後も昭和二十八年のことだ。

銀座の静かさは町のふところの深さからくるもののようだ。今日や昨日のにわか作りではない。「銀座の表通りは各種の商店が軒を並べていた。今のように、デパートと、銀行と、食べ物屋とに蹂躙されていなかった。どの店も、第一流の商店としての誇りを持っていた。／足袋屋でも、鰹節屋でも、乾物屋でも、ほんとうにいいものを出す原産地と直結していた。洋品屋に飾ってあるものは、ロンドン、パリの一流の製品であった。それもきょうあってあすはないというような一時的な輸入品ではなくて、（中略）高い代りには、飽きの来ない、地味で、丈夫で、ハイカラで——そういった品物ばかりだった。」

しかし小島政二郎を嘆かせている「雑然混然とした」銀座は、なにもこの戦後はじまったものではない。大震災後はいうまでもなく、昭和初年のモボモガ時代にすでにそうだった。銀ブラなどというのも当時の新造語だ。高等下等の遊民が何の目的もなくただもう銀座をブラつく。当時の流行ジャーナリスト松崎天民の『銀座』にはブラついていて引っかかった、あるいは引っかけられた、得体の知れない美人や、カフエ・タイガーのような高級店でウイスキーをおごってくれる見知らぬ成金の話がむやみに出てくる。話半分としても、ついこのあいだのバブル時代の酒池肉林よりも実体感があって涎《よだれ》がたれそう。

松崎天民の『銀座』の多少ウソ臭い実話ないしルポよりはるかに実感のあるフィクションといえば、永井荷風の小説『つゆのあとさき』にとどめを刺すだろう。この小説もしかし淫風吹きすさぶ銀座の突端風俗に取材しているようでいて、むろん荷風散人のこと、二度と帰りこぬ過去へのノスタルジーに彩られている。そういえば小島政二郎『場末風流』にせよ、木村荘八『東京繁昌記』にせよ、銀座を取り上げていながら銀座の現在には背を向けて、過去をなつかしんでいる。なまじそこに青春の思い出があるから、銀座が新しくなるのが、昔の銀座が破壊されていくのが、怖いのだ。

しかし銀座という町に時間を感じなくなる特権的瞬間があるとすればどうか。吉田健一の『東京の昔』の銀座では明治以前に戻ったように物音がしない。「明治以来のごたごたに収拾の動きが生じて文明の落ち着きを取り戻して」、しかも基礎が脆弱なせいで何となく不安な（戦争直前）時代の銀座にはある種の均衡が成立して、「例えば資生堂の一階の席でそこの細長い窓の前を通っている横丁を越して向うを見ると同じ化粧煉瓦を使った様式の資生堂の別な建物があってそれが大正期の日本でなければ建てられはしなかったものであることが解っていながらそれを背景に横丁の鈴懸けの並木が鋪道に影を落としている具合が必ずしも日本とは思えなくなることがあった。」

プルーストの小説に出てくるような銀座、もしくはどこでもないどこかあるところ。意志が欠落して一切が表象だけになった美しい町。ここまで来たら雨が上がるのが怖くなってきた。

鳥目絵の世界　名所案内とパノラマ図

江戸時代の銭貨は円形方孔、つまり丸い銭に四角の孔があいていた。これが鳥の目に似ているところから金銭のことをお鳥目《ちょうもく》といった。ところがその下に絵がつくと、これまた意味が変わってくる。鳥目絵《とりめえ》。文字通りバーズアイの俯瞰図のことだ。

さて、鳥目絵といって誰でも思い当たるのが広重『名所江戸百景』の「深川洲崎十万坪」だろう。深川洲崎十万坪の空の上を画面いっぱいに大鷲が羽ばたいている。鷲の目で下界を俯瞰しているのである。

その眺望をもっと遠大にすると北斎「東海道名所一覧」のような鳥目絵になる。一枚の方形の紙面に横長の道中図をねじりこむので異様なデフォルメが生じる。右手前のお江戸日本橋をふり出しに、京都までの道中をうねうねとのたくりながら富士山の裾野をぐるりと回ると名古屋が江戸の上のほうにきている。そんな二重三重の空間のねじれを通してようやく京にたどりつく。同じような趣向を広重「参宮上京道中一覧双六」（日本橋をふり出しに伊勢参宮、京都へ）のように子供の遊びに仕立てた鳥目絵もある。

ここでちょっと寄り道をして岡本かの子の小説「東海道五十三次」をのぞいてみよう。東海道を歩く手引きには、現代ならふつう二万五千分の一地図を標準にした地図を使う。ところがこの小説の東海道マニアたちは、わざわざ元禄の画家、菱川師宣《ひしかわもろのぶ》の「東海道分間絵図」を使って歩きまわるのである。

師宣の「東海道分間絵図」は現実の遠近関係を無視してまで海道筋の名所旧跡を派手に際だたせている、地図というよりその名の通り「絵図」だ。作中人物の解説によれば、「地図と鳥瞰図の合いの子のようなもので、平面的に描き込んである里程や距離を胸に入れながら、自分の立つ位置から左に右に見ゆる見当のまま、山や神社仏閣や城がおおよその見ゆる形に側面の略図が描かれてある。」

要するに、ここには見たいものだけが描き込んであって、見ないでもいいものは描き込まれていない。旅人の関心対象だけが誇大に描いてあって、その他の現実の客観的な地理情報はなおざりにされている、というか、いっそ眼中にないのである。

物見遊山の旅にでた旅人は、きまりきった日常生活を離れて道中の名所旧跡や遊興の場に出会いたい。そのための手引きだった。当時の旅人といえば、目的地にまっしぐらに向かう公用の幕臣か、でなければ町人である。公用の人は鳥目絵は使わない。

あくまでも「私」の都合で旅をする町人のもの。それかあらぬか鳥目絵は、町人がようやく物見遊山をたのしむ余裕ができるようになった元禄から江戸中期にかけての産物だった。

ある種の関心事だけを強調する図絵といえば、お日さまやお星さま、家族やその住まいを強調して後は省略してしまう子供の絵や、狩猟や収穫の儀式を生贄ばかり大きく描く古代人の絵が思い起こされる。鳥瞰図は、おそらくこうした子供の遊戯や神事から生まれてきたものにちがいない。

わが国でも神域の鳥瞰図は古くから制作されていた。信仰の対象がなによりも大きな関心事だったからだ。古くは奈良時代の「春日曼荼羅《かすがまんだら》」。春日曼荼羅は仏教と習合して江戸時代の「春日浄土曼荼羅」にいたるまでさまざまな変容を遂げたが、なかでも初期の「宮《みや》曼荼羅」は、春日神社の社殿を中心に御蓋山を背にして社域を鳥瞰図的に描いている。

時代が下ると曼荼羅図はしだいに平俗化する。室町時代には狩野永徳《かのうえいとく》作「洛中洛外図屛風」に代表されるような各種の洛中洛外図、元禄頃には各地の温泉案内図（「摂津国有馬山勝景図」「上州草津温泉之図」）、さらにさまざまの登山図（「信濃国浅間山之図」「越中国立山図」「天地開闢筑波山」）のような俗界の鳥瞰図が出回るようになる。しかし子細に見れば、これとても極楽浄土や仙境、山岳信仰などの宗教的痕跡を随所にみることができる。

そうはいっても北斎「東海道名所一覧」や広重「参宮上京道中一覧双六」あたりまでくると、なるほど伊勢神宮や諸方の神社仏閣が誇大に描き込まれているとはいえ、聖地巡礼案内図の意味はもはやうすれて、呑む、打つ、買うの物見遊山・遊興の旅の口実にすぎなくなっていよう。まして近代の鳥目絵画家、自称「大正広重」をもって任じた吉田初三郎まで時代が下ると、大正・昭和初期の民衆の通俗関心事がこれでもかとばかり誇大に強調して描き込まれるようになる。

初三郎はフランス帰りの洋画家・鹿子木《かのこぎ》孟郎《たけしろう》の弟子として画家生活をはじめたので、ヨーロッパ近代の透視画法を知らなかったわけではない。それでいて彼の鳥目絵の対象の誇大な強調は近代西洋画法のそれとは明らかに異質である。

ちなみに吉田初三郎のある種の地形を誇張した変則的な鳥瞰図をいみじくも春画にたとえた人がいる。浮世絵師の枕絵では、他の身体部位がごく当たり前のプロポーションで描かれているのに、男女の性器のみは異常に誇張した張喩（ハイパーボール）法で表現されている。初三郎鳥瞰図＝春画説の評者は、春画の変則的な人体表現を地形の張喩的表現にたとえたのである。

春画と鳥目絵の同一視、もしくは対応関係は、一見、突飛な思いつきと思う人もあるかもしれない。しかし、ひょっとすると、鳥目絵の本質はここにこそ露呈しているかもしれないのだ。

道教に内経図（内景図）なるものがある。人体内部の構造を地図、それもおおむね鳥瞰図として描いた図絵である。五臓六腑の部位を素朴な解剖図にしたものから桃源郷のような複雑精緻な山景図にいたるまで、いずれも人体の皮膚をひっぺがすと内部はこんなふうに見えるのではないかという想像力の躍如としている構図である。人体（小宇宙）と山水（大宇宙）の対応と同一視。古来からの鳥瞰図は透視図法の未熟の産物ではなくて、むしろ確固とした宇宙・世界観の表現だったとわきまえるべきだろう。

人間が高さをコントロールして、絶対の高みである神の目から下界を俯瞰せんとする試みは古くからある。各種の塔や楼閣、城砦の望楼などがそれだが、なかでもバベルの塔の建設と崩壊の物語は名高い。天までとどく塔を建てようとする人間の傲慢に懲罰を加えんものと、神は三十三の言語を与えて人間の横のつながりを混乱させ、垂直に立ち上がる塔の建設を挫折せしめた。

さて、道教の内経図や北斎の『東海道名所一覧』などを見ると、絶対の高みである神や父性の目にあこがれるユダヤ＝キリスト教的な垂直志向とは異なり、街道も脇道もくねくねと折れ曲がって果てはブーメランのように投げた手元に戻ってくる円環構造が目立つ。つまり循環型であっても直線型ではないのだ。

西欧の鳥瞰図は、例えば十六世紀の画家アルトドルファーのように、戦争画（「アレクサンドロス大王の戦い」一五二九年）を森林鳥瞰図として高所から描く。二十世紀に至って、ニューヨークの摩天楼群の鳥瞰図を描くヘルマン・ボルマンやわが石原正に受けつがれる垂直性の視覚だが、福音主義的な向上精神はどこか傲慢ゆえにいつかはバベル的な混沌と崩壊に見舞われる。げんに9・11のニューヨークは、世界貿易センターという現代のバベルの塔崩壊に遭遇した。

そういえばヘルマン・ボルマンは第二次世界大戦で廃墟と化したドイツの諸都市の鳥瞰図を描くことから出発した画家である。成長する都市の背後や底部には、成長を一瞬にして無化する廃墟が待ち伏せていることを知り尽くしていた。わが吉田初三郎も天皇制帝国主義の傘の下にある楽園の鳥目絵を描き続けたあげくに、敗戦後はヒロシマの原爆廃墟を描き、北海道の未開の自然の鳥瞰図を描いた。循環型の鳥目絵といえども、その楽園性を支えるあまりに素朴な自然信仰や、しきに人為的・イデオロギー的な自然哲学の枠が外されれば、元の木阿弥のただもう平べったい廃墟と原野に戻ってしまうのである。

気になっている鳥瞰図がある。精神病理学者の中井久夫がポーの「ランダーの別荘」を、その記述通りに鳥瞰的に再現した地図である。ランダーの別荘は人里離れた川上の美しい土地にあり、女流精神分析学者マリー・ボナパルトの解釈によれば、ポーはこの川上の隠された美しい土地に死母の面影を、あるいはむしろ死母の胎内を夢見ていたという。楽園や美しい土地はしばしば死母の、つまり不在の母の胎内として夢見られるのだ。

ちなみにポーの「ランダーの別荘」は、谷崎潤一郎「金色の死」や江戸川乱歩「パノラマ島奇談」のモデルとなった。とりわけ「パノラマ島奇談」では独裁者的人物の偽の神の目の下でパノラマ化した島が果ては大花火とともに空無として消え去ってしまう。パノラマの鳥瞰図にはなにやらそんな仮設的な見世物くさい浅薄さがつきまとい、それだけに子供っぽい縁日の夜店気分が娯しめる。

申し忘れたが、中井久夫の「ランダーの別荘」再現地図は道教の胎牛図たる内経図そっくりであり、さらには北斎や吉田初三郎の秘密くさい開口部がエロティックな窪みを形作っている山岳鳥瞰図にも酷似している。パノラミックな鳥瞰図が収斂していく先は、おそらく洋の東西を問わずに、胎生空間であるらしいのだ。

季節と花々のめぐりの上に持続していた循環型の農耕社会は、近代の工業社会の直線的成長志向に葬り去られた。鳥瞰図もそれにつれて変容した。一見そうみえて、しかし自然はバベルの崩壊を繰り返してやまない。げんに富士山とその周辺の山々はいまだに活発な造山運動をおこなっており、この造山運動を取り込みながら山襞に囲まれた美しく冷たい氷室のような胎内を思わせる鳥瞰図を、六〇年代から「精神地形学」と称して描き続けてきた中村宏のような画家の存在も忘れてはなるまい。

それはそうと二十一世紀の鳥瞰図はどうなるだろうか。おそらく虫の目から見た虫瞰図と合体して、極微のものが巨大に見え、ニューヨークの上にポンペイのような古代埋没都市がのっかり、摩天楼が飴のようにひん曲がって、道路も川もくねくね迂回しながら出発点に戻ってしまう、そんな魚眼レンズで撮った胎内風景のような構図と化しているのではなかろうか。

文明開化とデカダンス　まじめ山の手・パロディー下町

横浜から唐人《とうじん》（外国人）が江戸に入るときにはひと騒動だったらしい。護衛の役人が三人四人、馬に乗って後先を警固した。唐人は髯をいっぱいはやして怖い顔をしている。足まである長い黒の上着を着、棒のようなもの（ステッキ）を持っている。風《ふう》体《てい》が異様なので犬が吠えた。

唐人がいよいよ近づくと町内の木戸を開ける。そこで犬が吠えないようにするのがひと苦労だった。「もし唐人が怪我でもして生麦事件のようになるとお金を取られるからいけない」不安が昂じて、「今に日本中唐人に取られてしまう、困ったことだなア」とみんな嘆息した。

篠田鉱造『明治開化綺談』（昭和十八年刊）に八十余歳の老女の談話として紹介されているエピソードである。生麦事件（一八六二）の後とあるから文久二年か、それともう慶応年間に入っていた頃の話だろう。越えて明治に入ると、今度は唐人に代わって「官員」がその受け売りみたいな顔をして出没した。宮川曼魚《みやがわまんぎょ》の随筆「春色官《しゅんしょくかん》員抄《いんしょう》」にその生態が語られている。

「明治初年の東京は、官員さんの天下だつた。この人々こそ、当時の流行語『文明開化』の生きた象徴だつたのである。／少し階級の上のものになると、いづれも申合せたやうに、鼻の下へ八字髭《はちのじひげ》をたくはへてゐたので、口のわるい下町の職人達などから、かげでは『なまず』と呼ばれてゐたが、その威容と勢力は、昔日のお武家さま以上のものがあつた。」

官員さんはほとんどすべてが「地方出」だったというから、東京の人間には異人唐人の二番煎じも同様だった。髭をはやして洋服を着ている。和服を着ているものも半分くらいいる。ただ靴と山高帽だけは例外なく身に着けていた。「その特長は、和服の場合もかならず靴を履いてゐたことで、羽織袴に山高帽子、深ゴムの靴でコウモリ傘を後生大事に持つてゐる官員さんの姿は、東京名所の錦絵などで見覚えのある人も少くなからう。」

まず洋服、というか洋装が入ってきた。とりわけ靴と帽子である。最初にそれを着用に及んだのは官員さんと、それにたぶん軍人さんだった。「羽織袴に山高帽子、深ゴムの靴でコウモリ傘」とチグハグながら、旧幕時代に横浜からやってきた唐人異人の精一杯のコピーであり、新政府の欧化政策の見本だったのである。

余談になるが、私などが戦後に見聞きしたのはこの反対だった。戦中にはぶりのよかった軍人官僚が尾羽打ち枯らして、今度はアメリカ兵がわが物顔でジープを乗り回した。けれどアメリカ兵の中古を払い下げてもらっていちはやくミニ・コピーを身に着けたのは、官僚ではなくて巷の靴みがき少年だった。もっとも、軍人が明治のお武家さまみたいに没落したところは当時と変わりない。

さて、人間の毛色が変わった。その人間が西洋の文明をひっぱってきた。はじめは異人さんがじかにもってきた。米人建築技師ブリジェンスが新橋汐留と横浜の鉄道駅を設計し、新橋・横浜間に鉄道が通った。「汽笛一声新橋を……」である。

新橋・横浜間というが、実情は横浜・新橋間というべきだろう。文明開化は横浜にはじまる。外国船が横浜につき、そこから東京入りするために鉄道を引いたのである。明治政府は引き込んだ鉄道を迎えるために、あらかじめ銀座に煉瓦街を建てておいた。ゆくゆくは横浜・新橋間の鉄道を東京中にめぐらせて、東京全域を「文明開化」させようという魂胆である。それが現在の山手線になる。

当初はしかしそれほど計画が図に当たったわけではない。せっかくつくった銀座煉瓦街なのに、入居希望者は思ったほど集まらなかった。空家が続出し、入居した煉瓦家屋もたちまち住人に和洋折衷に建てかえられた。「羽織袴に山高帽子」がいい例で、江戸二百五十年が蓄積した文化の根はそう簡単にはぬけない。

ちなみに昭和の戦後は、一面焼け野原、なにもなくなったところの空きっ腹にアメリカ文化を迎えた。ひもじさのあまり何でも受け入れた。だから、チューインガムもあっというまに口に入れてしまう。

明治はちがう。いかに今をときめく新政府でも、そっくりのこっている江戸文化にそうやすやす手はつけられない。入ってくる文明、迎える文化がいたるところで衝突し、チグハグが起こった。

篠田鉱造『明治開化綺談』の先の八十老女が、少女時代に香水をもらう話がある。彼女はむろん香水の何たるかを知らない。ただ香水壜の壜がきれいなのでそれがほしくてたまらない。そこで中身をポイとあけてしまった。首尾よく空壜が手に入ったまではいいものの、その後、しばらくは気前よくぶちまけた香水の匂いが身体中におって往生したそうである。

庶民レベルの混乱はもっとはなはだしい。明治初期のお札《さつ》はドイツで印刷したので、デザインが縦正面のいわゆる縦札である。お婆さんなどはてっきりお札《ふだ》かと思って、神棚に上げて拝むやら、お札《ふだ》が何百枚もあっても仕方がないと、現在の時価にして数千万円のお札《さつ》を海に流してしまうやら。

建物も擬《ぎ》洋風《ようふう》がはやった。洋風建築のようでいて、「似て非なる」代物だった。見様見真似で江戸大工が建てた西洋家屋である。築地の外国人旅館（築地ホテル館）や海運橋のたもとに建った三井組の和洋折衷建築などがそれだ。後者は小林清親《こばやしきよちか》の錦絵にのこっているが、実物はもうない。築地ホテル館も明治五年の火事で焼失した。擬洋風建築の研究家初田亨の『都市の明治』によると、本場を見てきた明治の建築家・知識人たちはそのあまりの破格ぶりに、「奇怪《きっかい》言語に絶する」（伊東忠太）とか、「抱腹すべきもの」（渋沢栄一）とか、「百鬼夜行《ひゃっきやこう》」、「健全に発達しない」とか称しておぞけをふるったらしい。

江戸鎖国時代には、獅子や象といった、話に聞くだけで見たこともない熱帯動物を空想で描く画家がいた。描き上げた獅子なら獅子は、現実のライオンとはそれこそ「似て非なる」ものである。西洋建築を実地で見たことのない江戸大工も、文明開化のかけ声のもとにそんな幻獣珍獣まがいの建物をこしらえさせられたのである。

しかし明治も一世代が経過すると、お雇い教師の教育や官費留学生の西洋知識のおかげで自前で西洋建築が建つようになる。こうして霞が関、丸の内一帯に官庁、商社、銀行が建ち、上野公園には博物館、動物園、音楽学校、美術学校が建ち、鉄道路線が集まる新東京は、うわべだけは列強の首都なみに近代国家首都として整備されてゆく。円朝の落語『明治の地獄』の一節にそういう有様が活写されている。

岩「向うの微《かす》かに遠い処に赤い煉瓦がある、あれは何だえ。婆「陸軍省でございます。岩「へえ丶、陸軍省が出来ましたかね。……（中略）向うの高い山の上に白い物が見える、あれは何だえ。婆「あれでございますか、文部省が建ちましたの、空気の好《い》い処でなければならんと仰《おっ》しやいまして、森大臣さまが入らッしやいまして。」

あの珍妙な、チグハグでトンチンカンで、しかし無邪気な活力があって、どこかにくめない文明開化の明治東京は、こうした洋風建築ラッシュとともに大洪水前の生物のように姿を消すのである。


鉄道が通った。ということは黒船の端末が東京まで押し入ってきた。これで天地がひっくり返った。空間がぐっと縮まったのである。

もうひとつ驚天動地の変化があった。夜の生活が一変したのだ。江戸の夜はいわば使えなかった。街灯がない。真暗闇だ。へたに出あるけば、刀試しの辻斬りにあう。そこへ街頭夜間照明が出現した。石油ランプ、次いで瓦斯《ガス》灯が、はじめは上野公園と日本橋に点り、それから市内に普及した。夕方になると瓦斯灯に点灯してあるく点灯夫が東京風物詩になった。当時日本橋住まいだった谷崎潤一郎が「幼年時代」に書いている。

「点灯夫は皆、赤い日の丸の四方に旭日旗《きよくじつき》のやうな光線が放射してゐる半纏を着てゐたが、その日の丸のまん中には、『点灯』と云ふ文字が染め抜いてあつた。彼等はさう云ふ服装で、暮れ方になると、脚榻《きやたつ》を提げて街へ出かける。そして街灯の下に脚榻を立てて登り、ガラス戸を開けて石油ランプに灯を点して歩く。」

これは瓦斯灯の前身の石油ランプ時代の話だが、瓦斯灯の点灯夫のいでたちも同じだった。ちなみに谷崎潤一郎の祖父久右衛門は、一時この点灯夫の元締めとして「点灯社」という会社を経営していた。

瓦斯灯はしかしたんなる街灯というより、初期には一種の驚異のスペクタクルでもあったらしい。遅塚麗水《ちづかれいすい》の回想によれば、「僕の親父は、明治九年に上京、神田万世橋の辺にあった税務署といったところに勤めていたが、ある時瓦斯灯というものが点いたから来てみよというので、子供心にいってみた記憶があるが、銀杏《いちょう》の葉みたいな火口《ほくち》に、瓦斯が点《とぼ》って、パッと明るく、群衆が口を開いて見物していた思い出がある。」(『明治開化綺談』より)

いずれにせよ、これで東京の街に、それまでになかった夜の生活というものが出現したわけである。明治十二年の三代広重作「東京名所図会　銀座通り煉瓦造」には、銀座煉瓦街の瓦斯灯に点火している点灯夫の姿が描かれている。背景は二頭立ての乗合馬車、人力車と雨傘をさした買い物客、瓦斯灯点火に見とれている商店の丁稚《でっち》。銀座の街路樹はまだ柳でなくて松と桜のようだが、とまれ瓦斯灯とその後身の「電気灯（アーク灯）」なかりせば、宵の銀ブラもまたありえなかったのである。

ところで、三代広重描く明治十二年の銀座にはまだ軽便乗合《けいべんのりあい》馬車が走っている。これは、浅草の雷門から新橋ステンショ（停車場）までを走った大型二階建の「円太郎馬車」が、馬が雷門前で暴れたので廃止され、代わって二頭立てに軽便化されたものだ。しかしそれもまもなく市内電車に取って替えられるだろう。

ご存じのように、夏目漱石「坊っちゃん」の主人公は松山の中学教師の職をおっぽりだすと、東京に帰って「街鉄の技手になつた。」当時の中学教師といえば、いまの大学講師なみである。それが市電の運ちゃんか車輛整備係になった、とも読めるが実情はちがう。戦後の昭和二十五年頃でさえ荒川線（王子電車）の乗務員たちは「沿線の女性がプレゼントしてくれるハンドルカバーを停車場ごとに取り替えた」というほどモテた（『東京市電・東京都電』ダイヤモンド社）のである。むかしからそうだった。前掲書によれば、「駅々にはハンドルカバーや手袋などの愛らしいプレゼントを持った娘たちが待ち構えていた。全盛時代は、電車屋さんといえば縁談が殺到したという」。

いまの旅客機パイロットくらいの人気稼業だったのである。坊っちゃんが勤めるのは「街鉄」だが、漱石が「坊っちゃん」を「ホトトギス」に発表した明治三十九年四月の二カ月後、街鉄は東鉄（東京電車鉄道株式会社）に合併されて消滅してしまう。したがって坊っちゃんの街鉄在職期間わずか二カ月。ちなみに東鉄の前身は明治十五年開業の東京馬車鉄道株式会社。馬力《ばりき》から電力に変わって市内電車が誕生した。その後もうひとつの外濠線《そとぼりせん》が出来、東鉄、街鉄、外濠線の競合時代ともいうべき時期があったようだ。

明治四十四年に以上民間三社を東京市が買上げて、その名も市電となる。やがて市電路線は東京市内に網の目のように四通八達した。ところで、その市電路線図を見ているとおもしろいことに気がつく。おおむね江戸の水路に沿って走っているように思えることである。

ここでちょっと道草を食おう。東京大震災の直後にさる雑誌のアンケートに答えて、永井荷風が「快活なる運河の都にせよ」という東京再建プランを提出している。震災も天災だが、東京はもともと水害に弱い。この際、運河をはりめぐらして水はけをよくし、「急用の人は電車自動車にて陸上を行くべく、閑人《ひまじん》は舟にて水を行く」ようになされてはいかがか。むろんこれは冗談というか、荷風一流の皮肉《アイロニー》で、本気で実現を考えていたわけではない。急用の人が電車自動車で陸上を騒々しく走り回る、現在の東京をきらって、水路を音もなく舟で行く江戸の閑雅《かんが》なむかしをなつかしんでいるのである。

江戸は水運の町であった。利根川や隅田川、荒川、さらに品川沖経由の水運を利用して後背地や上方から江戸市中に物産が運び込まれる。それをいったん河岸《かし》に荷揚げしてから、無数のこまかい掘割や運河に小舟で分散した。それに水道がある。井の頭池から神田上水を引いた。その一部がのちに神田川になった。ほかに荒川から引いた亀有上水。千川上水、玉川上水があり、この上水に沿って江戸の町並は発展した。河岸と上水道に沿って町ができるのは、生鮮食料品と飲み水がなければ人は生きてゆけないからだ。

岸井良衛《きしいよしえ》『江戸・町づくし稿』によれば、江戸市中には七十の河岸があった。もっとも集中しているのが大川の出口に接続する堀川の岸、次に日本橋から八重洲河岸にかけての一帯、それに小名木川《おなぎがわ》に接続する本所・深川。

河岸の周囲に盛り場や宿屋ができる。例えば山の手の下町といわれ、神楽坂芸者で鳴らして、文士や学生の遊び場だった神楽坂にしても、もとはといえば神楽河岸から発展した盛り場である。山手線が旧市内をぐるりと囲み、山手住いの官員さんがそれに乗って通勤するようになると、沿線沿いにはならなかった神田川沿岸や本所下町はめっきりさびれた。お上《かみ》の都合が優先して、江戸以来の町の人びとの生活や娯楽はおいてきぼりにされる。荷風が皮肉ったのはそういう事態だった。

そこへ市電ができた。市電は東京市民の都合で設計されるから、いきおい江戸以来の盛り場・名所を結ぶ路線配置になる。そういうものは川と河岸に沿っている。そこで市電は川に沿って走った。

荷風は運河の船便再興を提唱したが、じつは市電という形で川沿いの船便は復活していたともいえるのである。荷風自身も、それとなく承知していただろう。『断腸亭《だんちょうてい》日乗《にちじょう》』では、閑雅《かんが》の人は西南の端の麻布偏奇館《へんきかん》から東のはずれの浅草まで、屋形船の速度に匹敵する市電にゆられて出かけるのである。

市電とともに旧盛り場が復活する。浅草がそうだ。市電開通とともに六区の興行街が盛った。そこに洋風とも和風とも中国風とも、なんとも得体の知れぬ映画館、寄席、芝居小屋、レヴュー劇場が続々と建った。どこかで見たことがあるような気がする。明治文明開化の擬洋風建築がそっくり移築されたようではないか。円朝の噺《はなし》に出てくる陸軍省、文部省のようないかめしい官庁、外人接客用の帝国ホテル、帝劇がお濠端を占領してからというもの、あのいささかいかがわしい、チグハグでトンチンカンな擬洋風建築は消えたとばかり思っていたのが、突如として庶民の遊び場ににょきにょき生えてきた。

西洋にもこの種の建物はある。オリエント建築。向こうは東と西があべこべで、東洋がエキゾティシズムの対象になる。はじめは王侯貴族の庭園に建てられたが、しだいに市民相手の温泉保養地、遊園地に払い下げられた。東洋風建築といっても、こちらから見ればなんとも奇妙なゲテモノ、キッチュとしか思えない。夢のなかに出てくる風景、建物に似ている。

理性がコントロールしている昼間の現実は、夜の眠りのなかでは過去から蓄えられた厖大な無意識の記憶に迎えられると、そのまますんなりは受け入れられずに過去の記憶による修正、変形作用を受ける。そこで現実がへんにいびつにゆがんであらわれるのである。

異文化受容の際にも同じことが起こる。異人さんの持ってきたものが、過去の生活習慣からしておいそれとは受け入れられない。そこでこちらが使いやすいように、足したり引いたりする。結果は、オリジナルから見ればなんともチグハグな、こちらにもあちらにもないゲテモノができ上がる。

列強に追いつけ追いこせのかけ声にせっつかれた、欧化一本やりの官員さんは、そんな夢のなかに出てくるようなものはさっさと忘れた。どこかへ片付けたと思っていた。ところが、官製の院線、省線、国鉄の縄張りではない市電沿線の、民間資本でこしらえた文化施設に、思いもかけずそれがひょっこり浮かび上がってきた。

文化ショックが庶民レベルまで下りてきたともいえる。一方では、川べりに追いつめられ、薩長土肥新政府に制圧された江戸文化の逆襲、もしくはパロディーともいえよう。実際そこには、戦後の私などの学生時代まで、洋服に下駄履き、コウモリ傘を抱えてソフトをかぶった荷風先生が漫歩していた。いうまでもなく、「羽織袴に山高帽子、深ゴムの靴でコウモリ傘」の文明開化の「生きた象徴」たる、官員さんをさかさまにしたパロディーである。

荷風先生のは見たところおだやかなパロディーだが、もっとものすごいやつもいた。宇佐美承「池袋モンパルナス」に、画家佐藤英男の「母方の叔父」の、水戸の「武田耕雲斎《こううんさい》の残党」という人物が出てくる。それを甥の佐藤英男が回想している。
「ながーいあご髭をはやして、くろーい漆ぬりの陣笠をかぶって、陣羽織をはおって、むらさきの靴下をはいて、それから黒の編上靴《あみあげぐつ》をはいてるってなぐあいで……狸の皮でつくった頭陀袋《ずだぶくろ》を肩からさげて、そいつに卒塔婆《そとば》の形の銀煙管《ぎんぎせる》をつっこんで、ながーい日本刀を革のベルトにさして、おまけに身の丈よりながい杖、と来ましたねえ。」その人に院線（現在のJR）のなかで声をかけられる。「もうはずかしくって、はずかしくって……」

官軍に立ち向かって上野の彰義隊に加わった猛者《もさ》だったという。こういう人物が大正と昭和の境目くらいまでの時代には東京市中を闊歩していた。江戸から明治大正昭和にかけての四代を、徹底抗戦・非転向で貫き通した。先の戦後から四十五年、小野田さん、横井さんが背広に着替えてから、こんな分裂病的発作そのものの風体《ふうてい》で町を歩いている旧軍人は見たことがない。ひところの青ヘル赤ヘル学生のゲバ棒軍装もとんとみかけない。明治の残党の、生涯身をもってするパロディーは、ことほどさようにあっぱれなものだったのである。

ウィーンの郊外にホイリゲという村がある。そこに、できたてのワインを飲ませる居酒屋が思い思いの意匠を凝らして立ちならんでいる。どこかに似ているな、と思った。庶民の歓楽街はどこも似たところがある。思い出した。昭和三十三年まであった吉原、玉の井の特飲街だ。浅草がさびれてからは、特飲街に異様な擬洋風建築が乱立した。それが廃止になってしまうと今度はソープランド、ラブホテルがその種の建物にそっくり引っ越してきた。

公務やビジネスの場のように、そこでなければならないという場所ではないから、場末の歓楽街は夢のなか以外のどこにも存在しない、エキゾティックなユートピアのデザインをまとう。もともと現実がイヤでここへきたのだから、夢みたいな場所であればあるほどいいわけだ。皮肉なことに、文明開化はさかさまになり、遊戯化、パロディー化されてようやく場末の歓楽街に生き永らえている。

もっとも、私自身はそちらのほうでも無用の長物になりかけている身なので、そのほうの蘊蓄《うんちく》はご披露いたしかねる。そこで分裂病的にギラギラしたパロディーは敬遠して、旧市電の地下に通じた地下鉄路線（都営線がいい）のどこかの駅に途中下車して、黒光りのするテーブルのある飲み屋で一杯やる。逆さ吊りにした文明開化の死臭がうっすらとにおう。お酒がしみじみうまい。

新東京見物・里帰りを歩く

人生の大半を過ごした東京から神奈川県も静岡県との県境の土地に住み着いてからかれこれ四半世紀が経つ。そのあいだ東京への行き帰りは、町々をおおむね素通りした。そのうちに東京はどんどん変わりはじめた。素通りするだけでも分かる。といってポスト・モダン化する一方の東京にさしたる興味もない。

ところへ二〇〇一年、雑誌「サライ」から、東京歩きをしてみませんか、という声がかかった。四半世紀を経て、いまの東京を知らない浦島太郎的人間が見て歩く新赤毛布《アカゲット》東京見物になりそうですね。連載タイトルは「東京《奇想》徘徊記」。それも一興、とさっそく乗らせてもらった。

ほぼ足かけ二年、三十回にわたって東京中、といっても年寄りの冷や水は避けたいので中心部はなるべく迂回して、主に場末裏町を徘徊した。うれしいことに、そこらにはまだ四半世紀前の東京在住時代や、どうかすると戦前の旧東京が汚れた残雪のように残っている。わずか数百メートルの道路、路地、横町がいくつもの時代の面影を残しながら続いていたりする。もちろん幻滅も失望もあった。でも、久しぶりの東京見物はおおむね新発見だった。

雑誌連載が終わる頃に入院した。病室に切り抜きを持ち込んで手を入れているうちに、何気なく歩いていた町の古層が気になってきた。東京は江戸の続き、江戸は武蔵野の続きだ。今の東京だって掘れば考古学的発掘物がうじゃうじゃ出てきかねない。そこでタイトルも『江戸東京《奇想》徘徊記』と変えて全体をほとんど書き下ろした。

慶安の川崎大師の酒呑み合戦が文政の千住の水鳥（酒）の会に化け、それも元をただせば宇多天皇の宮廷からさらに中国の詩経の飲酒会にまでさかのぼる因縁があり、では、今はどうかといえば、今だってそこらの場末の立ち飲み屋で一杯飲《や》ってます。ポスト・モダン嫌いにはここがこたえられない、とあって、わがセンチメンタル・ジャーニイはまずはご機嫌だった。

与謝野晶子の歌

「岬の光景」

神奈川県の東海道本線真鶴駅の改札口に与謝野晶子の歌の立て看板が立っている。

わが立てる真鶴崎が二つにす
相模の海と伊豆の白波

真鶴岬の特定の地点に立てば事実その通りになるので、それ以上どうという意味はない。しかし真鶴の観光案内としてはズバリそのものなので、土地不案内の観光客へのサービスのつもりで持ち出されたのだろう。

もっとも、駅前からはこの通りの風景にお目にかかることはできない。改札口とは反対の山側に出て、そこから十五分ばかり急坂を登ると真鶴岬の尾根に出る。そこの一軒の家の前から眼下を望むと、歌の通りの光景が見えてくる。じつを言うと、その家というのが私の住まいなのだ。とすると、与謝野晶子はこの辺まできたことがあるのかな。

あれはかれこれ十五年ほど前のことだ。真夜中近くに、そのわが家の勝手口をほとほとたたく人があった。戸口を開けると、今は亡き舞踏家の土方巽《ひじかたたつみ》がいる。夢ではないのか。その数年前に土方巽は舞台を降りて、どこかに行方をくらましていたのである。

「ビールが切れちゃったのでね。貸してくれないか」

貸すの借りるのなんて、そんな水くさい。上がってもらって飲んでいるうちに東の空が白んできた。わが家にも飲みものが切れた。そろそろ酒屋も起きているだろうと、外に出る。土方さんはなんでも丘ひとつ越えたところに家を借りて、そこにこもっているのだそうだ。後で知ったが、それは有賀新左衛門という趣味人が建てた「あるが山荘」という広大な別荘で、隣家が「台所太平記」の映画ロケ現場にもなった谷崎潤一郎邸だった。

これも後で知ったことだが、「明星」の女流歌人たちがよくここで歌会を催した。若き日の森茉莉《まり》も歌会に連なった。げんに土方さんが案内してくれた一部屋は与謝野晶子が晩年に住んでいた仕事部屋とかで、文机《ふづくえ》から筆硯《ひっけん》の位置まで当時をそのままに残してある。

そこで思い当たるのは、晶子の歌が源実朝の「箱根路を我越くれは伊豆の海や沖の小嶋に波のよるみゆ」の本歌取りではないかということだ。「沖の小嶋」とは初島のこと。真鶴、湯河原の山側、ということは箱根山塊から相模湾を俯瞰すれば、この通りに初島が豆粒のように見える箱庭的景観になる。

しかしその日の朝は、そんなこととは知らず、晶子の仕事部屋の隣の洋室でまた土方さんと飲み直した。六月の雨もよいの朝で、あるが山荘の庭はガスにもやっている。それから昼近くになって、家人に車で迎えにきてもらおうと電話に立ったときのことだ。ガラス戸の真正面からふいに、大きな獣《けだもの》のようなものが迫ってきたと思った。ガスが霽《は》れて、初島が突然姿を現したのだ。その左手にうねうねと横たわる真鶴岬。

そうか、そうだったのか。今にして思う。晶子の歌はあの仕事部屋から見える実景だったのである。

池袋モンパルナス

アメリカ帰りの大富豪が隅田川の中洲に理想の美しい町を実現したいという。だがアメリカ帰りの富豪とは真っ赤な嘘。正体は詐欺師の売り込んだこの「美しい町」は、やがてシャボン玉のようにはかなく消える。佐藤春夫の小説「美しい町」の結末である。

美しい町は実現しなかったが、しかし瓢簞から駒が出た事例もある。アメリカで成功した初見六蔵という人が貧乏画学生のために、昭和の初め、西武線東長崎駅近くにアトリエ村を建てた。前後していくつものアトリエ集落が池袋を中心とする地域に出現し、そこに巣くう芸術家または芸術家の卵は千人を超えた。そこで、いくつかのアトリエ集落を総称して、だれいうともなく「池袋モンパルナス」。

その「池袋モンパルナス」展を東京の練馬区立美術館が開催したので、一日、私も観覧した。熊谷守一、福沢一郎、寺田政明、松本竣介、古沢岩美、糸園和三郎、浜田知明、野見山暁治――錚々《そうそう》たる池袋モンパルナス画家たちの作品が一堂に会して、近来見ごたえのある展覧会である。

しかし私的には、美術史的興味とは別の感懐もある。そちらのほうがひとまず大きい。佐田勝、大野五郎のような、戦後も活躍していた画家には、池袋駅前闇市の泡盛屋でよくお目にかかった。展覧会には出品していないが、昨年亡くなった長沢節さんはコーヒー店のクロンボやコヤマ珈琲店でお見かけしたし、山下菊二さんもよくコヤマに来ておられた。そういえばコヤマは詩人の山之口貘さんの根城でもあった。

当方がある出版社の編集者になってから、小説の挿絵を頂きに通った寺田政明さんのアトリエのことも思い出す。その頃の寺田さんは、もう板橋の西部劇のロケ地のような赤土の野原にアトリエを建てておられたが、お願いすると戦前の旧作を見せて下さった。その一つが今回出品の「夜」だったと思う。

意外な思いもあった。泡盛屋では背中を丸めて黙々と盃《さかずき》をなめておられた佐田勝さんが、ある時期、桃山期の障壁画を思わせる華麗な構図を描いていたこと。

そのものずばりの懐旧感情もある。池袋はかくいう私の生まれ育った土地である。春日部たすくの「池袋駅前豊島師範通り」（一九二八）は戦前の池袋西口駅前風景。一方、高山良策の「池袋駅東口」（一九四七）は文字通り戦後の池袋風景だ。

いまはその両方の風景とも影も形もない。だからこそイメージにはあの店この店のイメージがまだ鮮烈に残っている。ああ、家族で外出した帰途に、ときおり二階喫茶室でケーキを食べさせてもらった西口駅前の東京パンよ。

佐藤春夫の「美しい町」は、不動産詐欺師が一瞬の幻を見せてフッと消す経済的バブルの産物である。しかし池袋モンパルナスはそれとは違う。こちらも描いた対象とともに今はないが、飛び散った遺骨をかき集めれば、生きていた当時はまざまざと再現される。まことに、芸術ハ長ク、人生ハ短イ。

風々さんの無口

風々さんが俳句仲間の臥草さんに電話をしてきた。「まるで落語さ。首を吊ろうかと考えたけど紐をかけるところがない。釘を打てばいいけど買いにゆく体力がない」。慢性肝炎を発症してから五年あまり、いくつかの病院を転々として、最後は東京の西武鉄道沿線の六畳一間の自宅兼アトリエにいた。風々さんは各種の辞典などに動植物の絵を描く挿絵画家。元気なころは、それに冬場だけスキー教師をして暮らしていた。といってスポーツマン・タイプではまったくない。両親を大陸でなくして引き揚げ、肺結核を患ってサナトリウム入りしてからアルバイトをしながら定時制高校を出た。一度家庭を持ったが、中年でまた独身生活に舞い戻る。

風々さんとは四十年以上も前に池袋の飲み屋で知り合った。のんびりして、それでいて知的な風貌の無口な青年で、その飲み屋のアマチュア画家のおやじに可愛がられていた。病身だった体をかばうようにゆっくり泡盛の盃を口元に運びながら、いつもおやじと碁盤を囲んでいた。絵描きで、スキー教師で、碁を打つ男、とは思っていたが、しかし風々さんが俳句を作っているとは知らなかった。

　三年前に風々さんの『風袋』という句集が出た。本の中に「ふうふう」とか「ｆｏｕｆｏｕ」とかいう異名が散見する。後者はフランス語読みすれば、「愚者」を二度重ねたご丁寧な大馬鹿宣言だ。前者なら、しょっちゅう懐中無一文で「ふうふう」している素寒貧、の意か。『風袋』はワープロ入力した句に自作のカットを添えて、製本まで一切手づくり。限定二十部という超稀覯本《きこうぼん》だ。

　俳句仲間の臥草さんに冒頭の電話がきて、臥草さんをはじめとする友人一同鳩首《きゅうしゅ》協議の結果、千葉の某ホスピスに入ってもらった。肝臓ガンを併発、腹水がたまって、腹部はもうはちきれんばかり。しかし某ホスピスは一風変わっていて、「食事も薬もいやなら摂らなくていい。門限はなく、二十四時間院内徘徊もご勝手にどうぞ」という方針なのだ。名月の晩には昼間は超多忙の院長先生がヤキトリ片手にビールご持参で現れ、「庭のベンチで月見でもどうです」と医師と患者が月見酒を楽しんだりする。最後はいい先生に恵まれたのだ。

　うらやましいかぎりの最後がもうひとつある。風々さんが自宅の鍵を預けた臥草さんにまた電話があって、「自宅のノリ缶の中に若干の金が入れてある。入院費その他はそれで始末するように」。臥草さんは首尾よくノリ缶を発見。中に七十五万円が入っていた。それから数日後、風々さん昇天。入院費、火葬代、仲間だけの野辺送りの費用、一切くるめてノリ缶の中身でぴったり帳尻があった。

風々、姓名は竹口義之。通称グッちゃん。享年六十四歳。私の最初の単行本『怪物のユートピア』の挿画装丁をしてくれた友人だ。無口だったグッちゃんは、風々の俳名ではじめて本音らしきものを語った。

一生を四の五の言わずところてん

小犬を連れた奥方

二、三日天候がぐずついて家に閉じこもる。そこへある日カラリと晴れ上がったので、散歩に出ることにする。それが五月の朝ならそよ風が吹いて花々がにおい、木々の若葉の緑が目にしみて、かたわらを小学生がランドセルをカタカタいわせながら走って行く。一年に何日もない、すばらしい朝だ。

二十年前に湯河原の山の中に家を構えたときには、まわりにほとんど人家がなかった。兎沢《うさぎざわ》という地名だけに、どうかすると兎を見かけた。たまに農家の軽トラックが通るだけで、人も車も通らない。四月に雪が降り、未舗装道路がぬかるんだ。人間の住むところじゃないな。こんなところに家を建てちゃって、えらいことをした。

それが二十年後にはミカン畑や丘の斜面をつぶして団地が建ち、人も車もひっきりなしに通る。ミカン畑や丘をつぶせば緑がなくなるかというと、かならずしもそうではない。新しく建った家々は、ガーデニング流行のせいもあってか、それぞれに緑の垣根をめぐらせ、色とりどりの草花を庭先に咲かせて、学校やお勤めの往《い》き帰りの人たちの眼福《がんぷく》を肥やしている。散歩の範囲一円が、雑木林も凝った花壇もある広大な庭園のようだ。つい人さまのお家の庭先の花々に見とれて、散歩時間が長引いてしまう。しかしどうかすると、花々や新緑とはいささか毛色の違うにおいが、足下《あしもと》のあたりからむっと立ち上がってくることがある。誤ってブツを靴底で踏んづけてしまうこともある。するとチューブからひねり出されるように、かたまりかけた表面の下から生《なま》の新鮮なやつがヌルッと露出する。その臭いこと。いわずと知れた犬の糞だ。そうか、人間だけではなく、犬もまた散歩しているのだな。

ベルサイユ宮の庭にはトイレがなかった。十八世紀の貴婦人たちは、鯨のひげで骨組をこしらえた上に布地をかぶせたクリノリンという落下傘のようなペチコートをはいて、もよおしてくるとやおらしゃがみこみ、クリノリンを隠れ処にして用をたした。ベルサイユの庭園は、見た目にはこの上なく優雅な景観でありながら、それとは裏腹に鼻ももぎれんばかりの臭気が充満したらしい。古代世界の自然に憧れて、単純な風景を復元するために、目障りなトイレを設営しなかったのだ。トイレを設営しないということは、しかし庭園全体をだだっぴろいトイレにしてしまうということになる。

私の散歩範囲にも犬用のトイレはない。路上ですれちがう、チェーホフの小説に出てくるような「小犬を連れた奥方」たちは、だからどなたも、移動トイレとして小さなシャベルを持ち歩いておいでだ。しかしときたまその準備がない方もあるらしく、それでベルサイユの庭園なみの、眼には優雅で鼻には優雅でない、という矛盾撞着《どうちゃく》が生じることになる。でもご自分もその環境公害の被害者になるわけだから、矛盾はいずれは解決されることになるだろう。待っています。

幻の同居人

池袋の私の生家はちょっとした窪地のようなところにあった。西側の坂道を上った高台から祥雲寺坂前のバス通りを横切ると、立教大学前の原っぱに出る。その原っぱの外れの竹藪にこんもりとつつみこまれて、野中の一軒家のような乱歩の家があった。そのあたりまでトンボ釣りに出かけ、乱歩夫人に呼びとめられて「少年倶楽部」をいただいた思い出は、以前どこかに書いたことがある。

昭和十五、六年頃だったろうか。当時の池袋はまだ立教大学や豊島師範のある学園都市で、音羽の講談社にもほど近いせいか講談社文化人の住まいが多かった。生家の近くには童画家の武井武雄のアトリエがあり、川越街道寄りの重林寺裏には将棋の木村義雄名人の屋敷があった。

乱歩が「怪人二十面相」を「少年倶楽部」に発表しはじめたのは昭和十一年。以来「少年探偵団」などが次々に発表されて、私の小学生時代には少年物の脂の乗り切った時期だった。当然のことに小学生のあいだには絶大な人気があり、それだけにしきりに神秘化されてもいた。なんでも窓のない土蔵のなかで血のように真っ赤な蠟燭をともして書いてるんだってさ。そんな噂がもっぱらだった。

土蔵というのは乱歩邸の母屋に隣接している、たしか大谷石造りの蔵のことで、高いところに格子窓があるだけの石造建築物は、今にして思えば、目鼻も手足もない「人間椅子」や「芋虫」の擬態を装って闇に蠢く作家の仕事場にいかにもふさわしかった。

ここでちょっと寄り道をしよう。

精神科医の春日武彦の著作『屋根裏に誰かいるんですよ。』（河出書房新社、一九九九年）に「妄想濃縮装置としての家」が出てくる。「妄想濃縮装置の家」は一見なんの変哲もない家なのだが、住人の部屋に入ると、いたるところ妄想の産物が剝き出しのまま配置されている。どうかすると二笑亭の家みたいに家自体が異次元の領域に隣接しているように見た目に明らかな歪みを呈していて、おまけにその家の住人は決まって「幻の同居人」と同居しており、そいつはふだんは天井裏や押入に隠れていて、留守中に現れてはいろいろな物品を盗んでいったり、五体ある人形のうち四体を後ろ向きにしていったり、といった悪さをする。大方が一人暮らしの孤独な老女の当事者は、むろん（幻の）実害に迷惑している。しかし一方では「幻の同居人」と狎《な》れしたしんで、しまいにはいないとさみしいみたいな風情がなくもないという。

思えば、乱歩のあの暗い土蔵にも無数の「幻の同居人」が押しひしめいていたのではないか。天井裏に「屋根裏の散歩者」が這いまわり、座っている椅子の背には大江春泥がニタニタ薄笑いを浮かべながら隠れ、奥の暗がりにはファウスト博士の書斎に現れたメフィストフェレスのように怪人二十面相がぬっと立ちはだかっている。そうしてそんな幻の同居人たちを飼いならしては、次々に文芸市場に送り出している「孤島の鬼」の悪鬼羅刹《らせつ》のような人物こそは江戸川乱歩その人なのではあるまいか。

小学生には理屈は分からなくても、思いこみの上で直感的にそう思う。するとこわいもの見たさにいよいよ乱歩熱はあがり、もう手当たり次第乱歩本を借りまくり読みまくる。あげくはイケナイと分かっていて、「幻の同居人」につい同化してしまう。

隠れ蓑願望である。向こうからこちらの姿は見えないが、こちらからは向こうが丸見えであってほしい。あなたはそこにいるが、私はここになんかいないのですよ。そんな消身術の初歩が隠れんぼ遊びであり、一人遊びならむやみに机の下や押入にもぐり込む子供の悪癖である。

ジッドの自伝『一粒の麦もし死なずば』に机の下にもぐり込んでオナニーにふける場面があったと思う。ここはもうすこし身近な中勘助「銀の匙」の幼年時代の思い出を引いておこう。――「私はそのじぶんから人目をはなれてひとりぼっちになりたい気持ちになることがよくあって机のしただの、戸棚のなかだの、処《ところ》かまわず隠れたが、そんなところにひっこんでいろいろなことを考えているあいだいいしらぬ安穏と満足をおぼえるのであった。」

誰しも身に覚えがあるだろう。ホフマンの「砂男」ではナタナーエル坊やが父親の書斎の箪笥のなかにもぐりこんで、砂男ことコッペリウスと父親の錬金術の実験を盗み見るし、マゾッホの「毛皮を着たヴィーナス」では少年が洋服箪笥のなかに隠れて毛皮を着た美女と青年のSM場面をのぞき見る。あげくは両者とも隠れているのがバレて、ホフマンではコッペリウスに目玉をえぐり取られそうになり（去勢象徴）、マゾッホでは美女の懲罰の鞭にはじめて苦痛の快楽に身もだえするはめになるのである。

一口にいえば、両者とも隠れていた片隅から引きずり出された瞬間から性的闘争の現場に立たされたのだ。ところが乱歩の幻の同居人である分身たちは性的闘争を好まない。いつまでも子供のまま、嬰児《えいじ》や胎児のままで、母親のふところや胎内に隠れて人目につかないでいたい……。その消身願望の究極が「芋虫」の戦傷兵である。手足もなければ目鼻もない。あるのは嗅覚、味覚、触覚のような幼児なみの下等知覚ばかり。だから「芋虫」の主人公は目鼻のない肉塊と化し、妻の側からすると、全篇が大人の寸法にまで巨大化した嬰児を嬰児そのもののように世話をしてやる母親の育児日記に似てくる。

嬰児を大人の寸法に、一寸法師を巨人に拡大するのは、「レンズ嗜好症」の乱歩には朝飯前だ。そもそもが乱歩の小説はレンズによる反射や屈折という光学的原理から構成されている。レンズの曲率によって作中人物はいかようにも伸びたり縮んだり、歪んだりふくらんだりするのである。合わせ鏡を使ったように双生児が登場し、同一人物が同一時間に異なる場所に出現したりする。すべてはレンズがつくりあげた幻影であり、だから乱歩の部屋には作者の脳髄というレンズを通過してきた幻の同居人がうようよ巣くい、次々に増えていった。

乱歩は永遠の少年、アンチ・エロティカーである。性的葛藤に巻き込まれて、エディプスのように父親的人間と張り合う大人なんぞになりたくない。できれば子供のままでいたい。あわよくば生まれないままでいたい。ずっと母胎のなかの胎児でいたい。それでもいやいやこの世に出されてしまったからには、机の下や戸棚にもぐり込んでいたい。ましてや自分の部屋や家から一歩も外へ出たくない。

世にはそういう人間がいる。げんに今や数十万人になんなんとする引きこもり症候群のお兄さんたちは、父なるエホバの顔を避けて、目鼻も手足もない小球体として母だけに抱擁されていた至福状態（＝全面受愛）があきらめきれないでいるではないか。そうだ、レンズの曲率を通さない、ただのひらべったい現実のどこがおもしろい。さよう、乱歩党としては引きこもりお兄さんに共感しないわりにはいかないのだ。

しかるに現実原則はそれを許さない。こっそり隠れているやつをひっぱり出し、ホフマンの少年みたいに日玉をえぐり去勢するかに脅やかすと思えば、マゾッホの子供のように鞭の苦痛愛を仕込まれたりする。そうして社会的に成熟させ、大人の分別面をして勃起男根にものをいわせる青年期、中年期を過ごすように強いるのである。

申し遅れたが私は一度、戦後の闇市で乱歩を見かけたことがある。池袋西口駅前のコティーというバラック建ての喫茶店で、初老に近い乱歩がママにビールを注いでもらっていた。戦中は隣組長となって有能な社会人としての一面も見せたという乱歩がそこにいた。個人の部屋というものを許さない総力戦で密室をうしなった乱歩は、外壁を外されて世間人を装わないわけにはいかなくなったのだろう。それ以後もそのポーズは続き、戦後の乱歩は作家活動よりは推理小説界の再建や後進育成のマネージメントをつとめるようになる。芋虫の至福はどこへ行ってしまったのだろうか。

ここでようやく「私と乱歩」の話になる。

私は当年とって七十歳である。闇市で見かけた乱歩よりもいつしか馬齢を閲《けみ》した。なにもまもなく手足があっても不自由になり、目も耳も役に立たなくなる日がくる。なにも戦傷を負わなくても、年をとれば芋虫になるのだ。幼年時の母親の全面受愛の恵みは現実にはもう戻ってこない。しかしかわいらしい看護婦さんが介護してくれる、瘋癲《ふうてん》老人の全面受愛の快楽のチャンスはこれからだ。

待ってました。ならば思いっきりいやらしい、手間のかかる芋虫じじいになりきって、うしなわれた嬰児の至福を満喫してやろうじゃないか。そういえばコティーで見かけた乱歩も、なんだかそれっぽい薄笑いを浮かべていたみたいな気がする。

日影迷宮で迷子に

目立たない作家のようでいて日影丈吉には少数ながら熱烈な読者がいる。表立つのを極度にさけようとする作家だった。それでいて意外な人が日影丈吉の読者とわかると、自分だけの作家と思い込んでいたのが、同好者がいると知ってかるく失望したり、それもそのはずと思い返したり。

「かむなぎうた」でデビューしてから未完の長編絶作「黄鸝楼」にいたるまで、日影丈吉は十六篇の長編と数えきれないほどの短編小説を書いた。そのどれにも洒脱な都会的趣向がめぐらされているが、それでいて都市の裏町、農村部、離島、といった土俗的下層にふかぶかと根づいた感性に裏打ちされて、読むだにあらためて、東京という都会についこのあいだまで川と葭と泥が露出し、そこに鳥獣虫魚が戯れる自然の楽園があった消息を思い起こさせてくれる。

日影丈吉の世界に入って行く入口はいくつもある。フランスの田園、武蔵野の名残をとどめる町々、隅田川の水の匂いのする河岸、台湾の街頭、あるいは捕物帖の明治、と、それらのどこからでも気随に入って行ける。そしてそこに、エキゾティシズムと日常性がさりげなくないまぜになった七色の路地小路が、八幡の藪知らずのようにはびこり錯綜しているのを目《ま》のあたりにして、思わず時間の経過を忘れてしまうことだろう。読者によっては、その多層多岐にわたる迷路に迷子になる快感をあえてたのしむために、日影作品を再読三読する向きもあるのではあるまいか。

　エッセイをも含む作品を丹念に集めた今回の全集（国書刊行会）は、従来の筋金入りの日影読者はもとより、これからはじめて日影迷宮に迷い込もうとする読者にとっても、このうえない、また唯一無二の案内人役をつとめてくれるものと確信してやまない。さあ、日影迷宮の迷子になろう。

高足駄を履いた弱虫

宇野浩二がある日小田原の牧野信一の家を訪ねた。裏口から入っていくと、程よく酒がまわっているらしき牧野がプラトンの「ソクラテスの弁明」の一節を朗々と暗誦している。それも「歌舞伎俳優の舞台の台詞《せりふ》のような口調で」読み上げている。「それから、その（中略）牧野の顔の表情が、歌舞伎俳優が舞台で見得を切る時にするような表情をしているのに、いっそう驚いた。」（『牧野信一の一生』）

宇野浩二は下戸だから酒席の牧野信一を知らない。「牧野は、白面《しらふ》の時は、もじもじして、陸《ろく》に口もきけないような質《たち》」、と思い込んでいる。宇野の仲間の広津和郎が銀座で逢ったときも、「君はよくそんなに黙っていられるな！」と広津和郎は弱気な牧野に感心したという。広津も下戸で、酒席の牧野を知らないのである。

飲むとガラリと人が変わる。酒飲みなら大なり小なり誰しも身に覚えがある。アルコールのせいで天狗の高足駄を履いた気分になり、あげくは天狗の大団扇に煽《あお》られて空に舞い上がったりする。お酒が入らなくてもそんな気分になる人がある。げんに牧野信一も学生時代まではさほどお酒をたしなまなかった。代わりに歌舞伎の声色や見得切りにはかねてから通じていたか、すくなくとも通じようとしていたらしい。「早春のひところ」という小説には歌舞伎通になるのに失敗して、蛮声を出すだけが取り柄の野球の応援団員にスカウトされるまでのいきさつが書かれている。

宇野浩二は「驚いた」というが、これはプラトンと歌舞伎役者の台詞回しの取り合わせが奇異だったからで、声色といい、見得といい、牧野のそれは玄人からすればお笑い草の旦那芸みたいなものだったのだろう。しらふではろくに口もきけない赤面恐怖症患者が高足駄を履いて人並み以上に見せようとして、歌舞伎役者の声色の仮面をかぶってみせた。でも仮面がうまく素顔をカバーしきれない。小粋な声色を演じたつもりが応援団並みの蛮声にしかならない。仮面をかぶるほどに、仮面と素顔の落差がかえって露《あら》わになってしまうのだ。

中学生の牧野信一は小田原から国府津の父親の別荘に行くのに自転車に乗っていった。牧野信一はその自転車に「インディアン」とルビをふっている。並みの自転車では気がすまない。あくまでも「インディアン」とルビをふった自転車でなければならないのだ。後年、ありきたりのびっこの駄馬にゼーロンという名をつけて幻の駿馬を颯爽と乗りこなしたつもりが、二進《にっち》も三進《さっち》も行かずに呆然と立ちつくしてしまう、あの傍目にはためには喜劇でしかない悲劇的状況は、どうやら少年時代から胚胎していたらしいのである。

　というより牧野信一は少年時代から一歩も先に出なかったとも言える。成人していない少年が遺産相続か何かの問題で世間並みの大人と張り合うとしよう。背伸びしてみせようと天狗の高足駄を履く。インディアンと称する自転車やゼーロンという馬にまたがって、地べたを這い回る俗物どもを見下す。声色も見得も仮面の表情も、みんな欠陥を補う義足のようなものだ。それがことごとく素顔にしっくり合わないから、高足駄を履けばつまずき、自転車・駄馬に乗れば落車・落馬し、歌舞伎役者の声色をつかえば応援団のかけ声になり、仮面をかぶればたちまち外れてしまう。おかしい。そして悲しい。

　しかし仮面と素顔のあいだに引き裂かれていない等身大の少年牧野信一がふっと顔をのぞかせる瞬間がある。「泉岳寺附近」の小憎らしい守吉少年と声色をつかってはさみ将棋の応酬をしている牧野はへの字に口を曲げているが、大石内蔵助役の守吉が陣太鼓を鳴らして大高源吾や堀部安兵衛たちと討ち入りごっこで遊んでいるのを見ると手放しでうれしくなる。同じく泉岳寺付近が舞台の随筆「魚籃坂にて」では、隣家の倅の正ちゃんが裏山でめずらしい昆虫を採集してくると機嫌がいい。「バラルダ物語」では吹雪川の上流から妻が流してくれた未知の草花に狂喜する。「剝製」では本棚に本が一冊もなくなって、代わりに鳥の標本がいっぱいに並ぶ。植物や昆虫や鳥類の採集家牧野信一は、直《じか》に自然と交歓して倦むことがない。ここでは声色も仮面も芝居がかったジェスチュアもまったく無用だからだ。相手が虫だと、足駄を履かない弱虫が弱虫で通れる。

いわゆる「ギリシア牧野」がいて、「得意の時代」の牧野がいる。これにもう一人、「博物誌家牧野」を加えてもいいのではないか、とかねがね思っている。文字通り虫の仲間の弱虫牧野。そう歌舞伎の声色などつかわずに昆虫採集に明け暮れていたら牧野信一はあんな末期は遂げなくてすんだろう。それともそれがそうは行かなかったから牧野信一は牧野信一だったのか。

生死まるごとの喜劇　山田風太郎を悼む

勝海舟の最後の言葉は「コレデオシマイ」。これが人間最後の言葉のベストワンだと、山田風太郎は『風眼抄』の「人間ラスト・シーン」に書いている。『風眼抄』は昭和五十四年刊。その頃から「コレデオシマイ」がお気に入りだったのか、最近のロングインタビュー三部作も第一巻のタイトルは『コレデオシマイ。』。

しかしコレデオシマイとはならなくて、続いて二冊目三冊目が出た。読むと人並み以上にお酒を飲まれている。これは持ち直したのかな、と思っていた矢先の訃報だった。つつしんでご冥福を祈りたい。

十五歳から百二十一歳までの九百二十三人の死を語った『人間臨終図巻』あたりを最後にして、山田風太郎は他人の死を語ることをやめたようだ。余生三年を「あと千回の晩飯」と意識して新聞連載をはじめたのがその頃のことだ。これが、「続・あと千回の晩飯」に続き、最終回は口述の「死こそ最大の滑稽」。明らかに間近に迫る死を覚悟していた。死ぬのはわかっている。ならばどういう死に方が望ましいか。「私としては滑稽な死にかたが望ましいのだが……」「あるいは死ぬ事自体、人間最大の滑稽事かもしれない。」

死を喜劇として演じて見せること。ちなみに七十二歳で書き始めた「あと千回の晩飯」は子規三十五歳の「仰臥漫録《ぎょうがまんろく》」のパロディーなのではあるまいか。先に触れたロングインタビューの最終巻『ぜんぶ余禄』にもそれらしいことが語られている。「正岡子規は食卓に常に十品以上並べたというね。『仰臥漫録』を読めばわかるけど、僕と違って子規は、病気になってからの食欲がまた凄いの。」

しかしパーキンソン病が進行中の、そう語っている山田風太郎の飲食欲もまた、凄い。夕方の五時か六時に晩飯を食べながらお酒を飲んで寝る。夜中の十二時に起きて、また何かつまみながらウイスキーをコップ半分。そして原稿用紙に字が書けなくなってからは、この八十歳近い老人にしてはカーニヴァル的といっていいほどの日常生活をインタビューなり対談なりの形で悪びれずに公開しはじめる。その語り口がまたサーヴィス精神たっぷりときた。ほとんど演じている。何を。「人間最大の滑稽としての死」を。死という人生最大に厳粛な出来事を喜劇として演じているのだ。

西欧中世に「ヴァド・モール」という詩のジャンルがある。ヴァド・モールとは「死に行く」こと。人は、どんな支配者も、高僧も、大金持ちも、死を迎えないわけにはいかない。肉は腐り、蛆虫に食われて、やがて朽ち果てる。その生の果ての姿を中世人はヴァド・モール詩にうたい、のみならず死者をトワンジという彫像に仕立て、また死神の到来をグロテスクな絵に描いたりもした。もうひとついえば、見世物にした。死もまた見世物になるのだ。

死を見世物にするのは中世人だけにかぎらない。現代の作家ピエール・ド・マンディアルグの小説「大理石」にも、南イタリアの奇妙に幾何学的な形の岩石がごろごろしている荒野で老女が死を見世物にしながら死んで行く光景が書かれている。それに晩年の谷崎潤一郎の「瘋癲《ふうてん》老人日記」。老人が美しい女を観客にしながらこれ見よがしに病と老いを演じてみせる。

谷崎のは作中の出来事だが、山田風太郎はその先まで行く。立てない。ろれつも怪しい。涎がたれる。忘れる。すぐそこにあるものが取れない。言い間違いをする。聞き間違う。フロイトの「日常生活の精神病理学」に出てくる症例を地で行っている。

それは大方の老人がそうなのだ。山田風太郎が特異なのはそういう症候群をすべてのみ込んだうえで、本物の生理的不如意もボケもすべてしたたかにはぐらかしたりとぼけたりして、全体を一場の芸に仕立ててしまうこと。おかげで、どこまでがホントでどこからがウソかさっぱりわからなくなる。読者＝観客としては、ウソ、ホントを超えてまるごと楽しむしかない。

山田風太郎の作風はもともと小説よりは人形浄瑠璃に近い。のっけから人物が重力の法則から自由だ。操り手の力が上方や後ろから働いているので、ふつうはできないとんだり跳ねたりは自由自在。空も飛べる。首がとんだり、真っ向唐竹割りにしたりされたり。忍者物なら全身を蛇腹にして匍匐《ほふく》したりするし、くの一物だと豊臣の血を引く胎児を一方の女の腹からもう一人の女の腹にラグビーボールみたいにパスしてみせる。

いわゆる明治物では人物の首をすげ替えたり、衣装を着せ替えたり。学校の歴史教科書でおなじみの顔を足軽にしたり太政大臣にしたり、そうかと思うと御家人の娘が芸者になり、それがまた重臣夫人になったりする。転形期のめまぐるしい時代の動きを人形劇の唐突な変わり身で活写した。

人物が超人間的な身体運動の芸を見せるのは作者が医大出であることと関係あるだろう。人体解剖的客体として動かす視点が一貫している。しかしそうした作中人物の身体芸を、死を前にした作者自身の生身に適用するとどうなるか。ダダ的な乾いた諧謔で通してきた作者が、今更じめついた私小説的闘病記を書くわけがない。結果はみごとに「見世物としての、喜劇としての死」上演であった。

それは晩年の数年間にかぎったことではない。人間が「死に至る存在」であることを見きわめて余生を喜劇化するのは、子規がいい例で、三十歳でも八十歳でもさして変わりはない。人生をぜんぶ余禄、余生と見て、死までの一切を、とりわけ死を滑稽事として演じること。山田風太郎はすでにみごとにやり遂げた。われわれは今からでも遅くない。

敵のいない世界　鬼海弘雄『しあわせ インド大地の子どもたち』

会う度ごとに印象の違う人がいる。めっきり老け込んでいたり、いやに若返っていたり。鬼海《きかい》弘雄さんはしかしいつ会ってもまるごとの年齢でいる人だという気がする。目の前の鬼海さんのなかに、子供のころの鬼海さんがいて、八十歳になった鬼海さんがいる。過去現在未来がそっくりいまの鬼海さんのなかにある。ふしぎな人だ。時間が分断されていなくて、まるごとの形で鬼海さんという人をすっぽり包んでいる。

いつだったか下北沢のインド料理屋でインド音楽を聞いたことがある。そもそも音楽は苦手のうえに、ましてインド音楽となると、どれが何という曲なのかもわからない。ただ、いまも憶えているのに、いつ始まったのか、いつが終わりなのかもはっきりしない、長い器楽曲があった。弾き手と聴き手にその気があれば二日でも三日でも弾き続けていそうだ。大きな河か海のうねりのなかをゆっくり漂うているような、果てしのない時間を体験させてくれるふしぎな音楽だった。もしかしたらインドとはこんなところなのか。

ガンジス河には始まりの水源もあれば終わりの河口もある。始まりも終わりもないわけではない。しかし、鬼海さんが撮るベナレスの水景を見ていると、ここには始めも終わりもない時間が流れている、というより始めと終わりが無限に循環していて、いつでも始まりであり終わりであるという気がしてならない。時間がないのではないが、途方もなく大きくて計量不能に近い。賃労働で断片化され、タイムレコーダーに分断された時間というものがないので、時間があるにはあってても大きすぎてとらえどころがないのだ。

西欧のあるロマン主義哲学者は、「人は誰でもかつては王子だったことがある」と言ったものだ。しかし鬼海さんの新作『しあわせ』（福音館書店、二〇〇一年）のインドには、「かつて」という過去での時間がのっけから欠落している。それはしかし憧憬すべき中世もなければ失われた古代もない、というのではなく、むしろ中世や古代の時間がここにも切れ目なく続き、いまも現前しているという意味だ。人びとはじかに、いまここで誰もが王子であり王女なのである。失われたものは何もない。灼熱した砂と土、永劫に回帰する河水、巨大な背中をうねらせる海。すべてが隠れもなく現前しており、そのインドの大地と海から、泥水から蓮が咲くように子供たちの笑顔が花咲き出る。すべてが透明に明るい。

鬼海さんの処女写真集は『王たちの肖像』だった。「かつて」の王たちがリア王のように王座から追放されて巷をさまよう、やつし姿の肖像集だ。故《ゆえ》あってやつし姿で流浪するゼウスたち。乞食姿の旅のユリシーズ。肖像たちは、王者であり英雄である本来の素性と現存のペルソナとしてのやつし姿、安逸な無時間性とコマ切れの時間としての現代社会のズレを、諧謔的に語っていた。しかしこの「王者」たちは例外なく、あくまでもプライド高く、ある種のアウラに輝く衣装を甲冑のように身に帯びている。無敵の王者にしてなおドン・キホーテのように防御し攻撃すべき敵を予想しているのだろうか。

『しあわせ』にはしかしもうどこにも敵がいない。いかなる防御の姿勢もない。生と死はほとんど対等に向かい合い、透明なヴェール一枚を隔てて両者は接しあい、死ですら攻撃し防御すべき敵ではない。

もはや、あるいはまだ、敵のいない世界。子供たちが三々五々真昼の野天の砂浜に散らばって昼寝をしている光景のスナップがある。一見しただけでは死んでいるとも眠っているとも、判断しかねるほどの自然との深い親和関係を結んでいる人間たち。これほど無防備に自然に接している、というよりは自然の懐に抱かれている「しあわせ」が地上のどこかにまだあるという「しあわせ」を、鬼海さんは開闢《かいびゃく》以来の、大きすぎて無時間と錯覚しかねないほどの時間を横切ってここに届けてくれた。

ヴァンパイアの誘惑

夜になると地下の霊廟に置かれた棺の蓋がギイーッときしんで開く。なかから死んだ男が起きあがり、生血をもとめて夜の町をさまよい歩きだす。蝙蝠《コウモリ》の翼のようにひるがえる真っ黒なマント。血のように赤い裏地が瞬間ギラリと見え隠れして、そう、これこそはかの名にしおう吸血鬼。

ブラム・ストーカーというアイルランド人作家が書いた『吸血鬼ドラキュラ』という小説では、東欧のトランシルヴァニア山地から十九世紀末ロンドンに吸血鬼ドラキュラがやってきます。そして見るからに血がたっぷりありそうな処女や人妻をねらって誘惑し、はては相手の首筋に鋭い牙をたてて生血を吸いとってしまいます。

さて、血を吸われる女性たちはさぞかし苦痛にもだえるかと思うと、さにあらず、ドラキュラ映画などで見ると、うっとりと恍惚の表情を浮かべて、まるで死の接吻にめぐり逢うこの日をかねてから待ちこがれていたようではありませんか。

それればかりではありません。吸血鬼に血を吸われて一度でも恍惚感を味わった犠牲者は、今度はみずからも吸血鬼になって新たな餌食の血をもとめはじめます。こうして伝染病がひろがっていくように次々に犠牲者が増えていく。吸血病は伝染するのです。

中世のヨーロッパでは東欧やアジア奥地からペストやコレラのような伝染病がくり返し襲ってきて、そのたびに大量の死者を出しました。その忌まわしい記憶が吸血鬼という恐怖像をつくりあげたのでしょう。ペスト流行の際などに、人びとはまだ生きている患者を早めに隔離したりして、いわゆる「早すぎた埋葬」の過ちを犯すことがありました。と、生きながらにして埋葬された人はやがて棺の蓋をこじあけ、思いがけない復活の人となって村に帰ってくることもありました。

何日も何日も地下の闇のなかに閉じこめられ、飢えと渇きに責めたてられていた男は、口に入るものならなんでも、生のまま嚙みついてむさぼり食う。人間だって、とりわけ血や肉がたっぷりつまっていそうな女性と見るや、たちまちかじりついて首筋からありったけの血を飲みほしてしまいます。そんな実話がいくつも残っています。

女の吸血鬼もいました。吸血鬼カーミラ。ご存じのように、吸血鬼は英語でいえばヴァンパイア。ですから男を誘惑して相手の財産から生命まで何もかもすっからかんになるまで吸いとってしまう、情け容赦のない妖婦のことをヴァンパイアを略して

「ヴァンプ」といいます。またヴァンパイア・バットといえば吸血蝙蝠のことですから、吸血鬼はよく蝙蝠か鳥のように空中から襲ってくる動物として表象《イメージ》されることもあります。どこかから、たとえば幼い子供の目をえぐりとりに、飛んでくるのです。

ドイツの小説家E・T・A・ホフマンの「砂男」という不気味な小説にも、吸血鳥に目をえぐりとられる赤ん坊の伝説が語られています。それに古代ギリシャの時代から、幼い子供を襲っては血を吸いとる吸血鳥やカマキリの姿をした、吸血鬼の遠い前身の邪悪な生き物がいると信じられていました。近代になると、それがとうの昔に死んだ、いや死んだと思われて早すぎた埋葬をされたまま棺に閉じこめられていた中世の貴族や王が、人間の血を吸いとっておのが死体を生けるもののように永らえさせようと、ロンドンのような大都市に突然よみがえってくるのでした。東欧の奥地では血を吸える農民の数は限られていますが、ロンドンのような大都会なら生きのいいお嬢さんや人妻はそれこそ選りどり見どり、そこらじゅうにあふれていますもの。

それにしても吸血鬼は死人のはずなのにおそろしく強い。誰しもあの真っ赤に充血した目に見つめられると、蛇ににらまれた小動物のように立ちすくんで身動きができなくなってしまいます。どうやらあの目つきに秘密がありそうです。邪視《イーヴル・アイ》といって、あの目に見られると人間は死に魅入られてしまうのです。

吸血鬼はもうとっくに死んでいるので、これ以上死ぬことのない「死なない人」です。ここが彼の強みです。「死なない人」はどんな時代に姿を現してもおかしくありません。げんに吸血鳥やカマキリとして古代に出現し、中世には血が大好物な残酷な大貴族になりすまし、近代世界では優雅なロココ貴族の装いを凝らした吸血鬼ドラキュラとなって復活してきました。

生きている人間は時間の世界にいるのでかならず齢をとります。一方、吸血鬼は時間のない世界に住んでいるので、齢をとることも、容色の衰えることもありません。吸血鬼に血を吸われて彼と同じ死の無時間の世界に入って恍惚とする婦人方は、今の美貌を永遠に凍結される幸福にあこがれるあまり、ドラキュラの誘惑にのりやすいのではありますまいか。あな恐ろしや、うれしや。美しい女性はどうかくれぐれもお気をつけください。

Ⅳ　聞き書き篇

江戸と怪談　敗残者が回帰する表層の世界

とにかく岡本綺堂という人は、やたらに英語ができたんですよね。お父さんが英国公使館の書記官だったでしょう。それから、叔父さんも公使館の通訳でしたね。弟も何かやっていた。自宅が英国公使館の隣か門内かにあって、英語文化というものに子どもの時から馴染んでいて、十三歳ぐらいでチャールズ・ラムの『沙翁（シェイクスピア）物語』をテキストに読んでいたわけです。その前は、三歳ぐらいから漢文の素読をやっている。これは御家人の息子だから当たり前だけれども。

「瓦解」で時代がガラッと変わった。お父さんは佐幕派で、一時横浜居留地に潜伏して、そこで英国人とのその後の縁ができたというくらいの人で、新政府にはぜんぜん出仕する気がない。そういう意味で志を貫いた人で、新政府にまったく関係のない英国公使館に瓦解後のたつきの道を見つける。これからは英語だ、と。

そのころ起こった言文一致だの何だのというのは、要するに近代国家の文体論でしょう。国家論の文学版なんです。二葉亭四迷だってロシアで何か露《ろ》探《たん》みたいなものになろうとしたぐらいで、何か国益というものを考えていた。文学は男子一生の仕事に非ず、ですね。鷗外でも漱石でもそうです。早々と引っ込んでしまった露伴とか岡本綺堂は、旗本・御家人の直系で、漱石や鷗外のように、明治になって東大の先生になったり軍医総監になったりするという道すらないし、かりにやったとしても長続きしませんよね。それで、まったく違う生き方をする。江戸の町人から続いている、たとえば滝沢馬琴とか山東京伝とか、そのあとの幕末の戯作者たちの生き方に倣って、筆まめにきょう起きた町の奇事を書き留める。

もう一つは芝居です。芝居というのは現実の地べたの上でやるものじゃない、舞台という板の上、土臭い地べたから離れたところでやる。まずその点では有利だった。地べたが足元からガラガラっと瓦解したわけです。大どんでん返しですね。江戸以来ずっとそこに住んでいるんだけれども、江戸時代の土地というのは、同じところに住んでいながら、足元の基盤じゃなくなっている。それが根こそぎとられてしまった感じに、薩長に支配されてしまった。土着の人間が、大地から切り離されて生きなければならない。これは逆境だけれど芝居人として生きるには絶好のチャンスです。

『半七捕物帳』でも『三浦老人昔話』でも一種の芝居噺ですね。「江戸切絵図」が全部頭の中にぴったり入っている人が、江戸市内のことだけを書いているわけです。しかしその江戸市内というのは、唯名論的に地名だけがあって、そこに現在のリアリティはないわけです。つまり、おそらく切絵図の上だけで知っている、文久の頃の、自分自身に実体験のない世界を書いている。綺堂がものを書き出した時分の老人たちは、文久の頃は青年であったけれども、瓦解と同時に、当時の人はみんな四十ぐらいで早々と隠居してしまうから、「明治以後の現実には私はかかわりません」という隠居暮らしの身の上になるわけですね。隠居暮らしというのは要するに、ショーペンハウエルの『意志と表象としての世界』ふうに言えば、意志がぜんぜんないわけです。現実とどう絡むとか、これで出世しようとか銭儲けしようとか、そんな人間の欲望の意志というものをまったく欠いた状態で、つまり表象の上だけで生きている。イメージだけで生きているわけですね。跡継ぎの息子が何がしか面倒見てくれるのか、どこから金利でも入ってくるのか。

ぼくが子どもの頃にもそういう人を見ましたよ。池袋とかあのへんに、もう何もやる気がなくなって、小さな借家の上がりだけでショボショボ生きている。万年青《おもと》かなんか育てて、俳句か何かひねりながら生きている。子規なんかの政教社文学系ではない、江戸の「座」の月並俳句でね。「現実に革命とか建国という意味での責任なんか何ら負いたくない。知ったことじゃない」というので、ずっとやっている人。綺堂はそういうメンタリティの中のひとりでしょう。明治の文学者は、そういう人たちがかなりいますけれども、それが大正になると荷風ですね。昭和になると、そういう人はほとんどいなくなってしまう。でも少しはいて、大衆小説家というのがそれになるわけです。

近代文学の最初の基盤になるのは、二葉亭とか漱石とか岩波系の作家の書くような「文章体」です。要するに漢文式の、お上の文書みたいなのをもう少し近代的に書くわけです。江戸の文化の構造というのは、いちばん上に漢文脈の人がいて、その次は俳人層で俳句をひねる人。いちばん下が相撲層といって、ボディーランゲージで生きている人。相撲とか女郎とか、ボディーランゲージで生きている人間が、そのへんで生身で採集した話をもって帰ってくるわけです。それを下手な言葉で喋ると、俳人層というのが必ず村にひとりふたりいて、それが話をまとめてやる。まとめたものを、そこの領主の祐筆か何かのところに持って行くとちゃんと漢文にしてくれて、それを治領の江戸幕府に「こういう事件がございました」と上げていく。中村禎里という人が、江戸の文化層というのをこの三つで構造化しています。

要するに明治の言文一致というのは、その一番上の連中の漢文脈というか、漢語的な文体をどうするかということで始めた問題でしょう。話し言葉で喋っている円朝とか、お芝居の人は、そんなことはいまさら関係ないわけですよ。いつも喋っていたことを瓦解後にも喋っているわけだから。近代的自我という核になる部分を云々しなければ、昨日も今日も同じ口語をしゃべっている。ただ素町人や芝居者は近代的自我なんてへんてこりんは知ったことではなかった。歌舞伎は、黙阿彌でも何でも、一定の様式がありますから、これも大して変わりはない。もっとも黙阿彌も瓦解以後はずいぶん変わってきているし、岡本綺堂のは新歌舞伎ですから、言葉が江戸歌舞伎とは違うものに変化していますね。特にこの人はシェイクスピアも読んでいるわけだし、外国文学をよく知っているし、清末の白話文学もよく知っているし、中国文学の専門家にいわせても『中国怪奇小説集』は大変立派なものだそうです。当時のアンソロジーとしては、あれだけのものはない、と立間祥介が言っている。一方で、泰西文学を翻訳した『世界怪奇物語』も出している。ホフマンの「廃宅」とか、リットンの「貸家」とか。これは原文をきちんと正確に訳しています。

「廃宅」と「貸家」をいまたまたま出したけれども、中国とヨーロッパの怪奇文学を見ると、古い家、お化け屋敷にまつわるものが非常に多いわけです。その家に元主人がいたんだけれども、何らかの王朝の交代で没落して、そこが廃屋になってしまった。そこに行くと没落した王朝の人たちが片隅でヒソヒソ囁いているとか、そんなパターンがあるんですよ。吉田健一のお化け屋敷の物語も、だいたいそうですね。ある党派なりある王朝なりが没落して、その人たちの亡霊が巣くっているような、そういう廃屋みたいなものがあるわけです。

綺堂は「穴」という小説で、高輪の屋敷に穴ぼこを掘って埋蔵金か何かを探す話を書いています。かつていた大名屋敷の人が瓦解でいなくなってしまう。それで自分たちが新しく入ってきたんだけれども、夜な夜な誰かがやってくる。それは別にこっちに害を与えるわけじゃないと言っているうちに、だんだんわかってきた。これはどうも埋蔵金があるらしい、と。

人間関係でも同じようなことが起りますね。主人に仕えていた中間《ちゆうげん》みたいのが瓦解のあとに、ご主人が死んでしまって、奥さんを手込めにして君臨しているというような下剋上が、あの頃実際たくさんあったわけです。女の人でも、自分の足元から地面が逃げてしまっている人はたくさんいた。「影を踏まれた女」なんかがまさにそうですね。それから、麴町に住んでいる時かな、角の家にいるおたまさんとかいう女性が精神病になる。「洋服なんか着ているやつは水をぶっかけてやる」と言って、綺堂も洋服を着ていたら水をぶっかけられた。彼女は、最後は巣鴨の顚狂院に隔離されるんだけれども。そういう喪失者の物語をよく書いている。綺堂の怪談もつまり、排除されたものが回帰して、化けて出て来るという構造でしょう。

だいたい鬼とか不思議な化け物とかいうのは、ギリシャ神話のオリンポス山なんかでも、あれより前にいたタイタンという巨人族が追い出されて、地の果てとか海の果てに追いやられたものです。アトラスとかポセイドンとかね。特に水の妖精になっているものが多いけれども、女の人でも、陸棲で二本足で生活していたのが、水の中に突き落とされたから、足のない幽霊になって出てくるわけですよ。綺堂の「一本足の女」では、ニンフォマニアの女の化けものが、川の中を物凄いスピードで泳いで追っ手から逃げおおせますが。

平家没落の時がいちばん典型的だけれども、壇の浦で水の中に入って、出てきて、あのへんで花を売りながらセックスを売ったわけですね。それも「水鬼」という小説に出てきます。水中から這い上がってきて女郎になる。明治の政権交替の時も同じでしょう。王朝がかわるたびに、必ずそれは出てくるわけです。元禄の初めの頃だったら近松がそれを書いたわけだけれども、要するにいままでお嬢さんだった人が女郎になるという明治の転変、これは山田風太郎が若干書いています。だけど、実際にそういう人が身近にいたというのは、山田風太郎的な突発的暴力性とは違う、ある哀しみとか情話的な、そういう潤いがあるんですね。いまは「癒し」などともいっていますが。
江戸直系の人たちには、それ以後に来た連中がそのへんに家をつくったり、「この土地の角が出っ張っているから、そこを削れ」と言ってきたり、本来自分の土地だったものが他所者にさんざん踏みにじられて、旧江戸というものがどんどんなくなってしまった。負けたんだからしょうがないんだけれどもね。

文化文政からあと、さっきの文久年間なんかがそういう時代だと思うんだけれども、幕藩体制はもうだめになっているわけですよ。生産性はまったくないし、外圧もあって、もう亡びるだけなんです。でも、亡びるといっても、きょう、あしたじゃないんですね。いまの日本と同じです。五年かかるか十年かかるかわからないけれども、アヘアヘ言いながら過ぎていっている日常の、つまらないんだけれども、斜陽の日々が緩慢に傾いていく、長いゆったりした時間があった。それはたぶん人間が死んでいく末期の時間と似ているんだけれども、そういうものを江戸の人が最後に楽しんだ時代だったんじゃないですか。それまでは何となく、田沼意次時代とか寛政の改革とか、景気を刺激したり引き締めたりというので、江戸というものの体制がまだ効いている気がしているわけですね。だけれども文久あたりになると、もう誰もなにも信じていないわけです。お侍さんも町人も等しくただもう退屈なんだよね。でも、退屈のよさというものがあるわけです。あきらめきって、かえってのんびりしている。あの文体がそうだと思いますよ。もう生産性はまったくないので、あと一突きされればガラガラといっちゃうという、そこの寸前のところでヒクヒク呼吸している状態というものが、江戸の最後だね。それも、劇的に新選組とか彰義隊とかいうものがどうしたというのじゃない。日常です。変事とか珍しいことさえ起こらない。

柳田國男は、そういう時は旗本なんかがウソの話を流すんだ、とどこかで書いている。ウソの話を流して退屈を紛らわせるとか、それをどこかで聞いてきたというようなことで楽しんでいるというのが、ずいぶんあるらしいんですね。

明治二十二年かな、市区改正があって、その時たしか十五区が市内でしたね。それから昭和になって三十五区になって、あとまた二十三区になったのかな、三回ぐらい変わっているんですね。でも江戸市中といえば明治二十二年の十五区の中です。あとは「宿《しゅく》」でしょう。新宿とか千住とか品川とか。あとは、話題の中心が江戸市中から郊外に移ってしまう。大久保の躑躅《つつじ》園とか。彼が引っ越した先がそうだったんですね。

半七は他国嫌いで、江戸市中からほとんど出ていないんだけれども、少し例外があって、府中、川越、それから小田原がありますね。「山祝いの夜」。それから下総のほうの話で「小女郎狐」。これはでも、ひとからの聞き書きで、時代もずいぶん前です。今度ちょっと読んでみたら、「旅絵師」が奥州街道ですね。市中じゃない。だから、いくつかあるんですよ。つまり、江戸市中のことだけを半七が事件の舞台として設定して追いかけているということはない。江戸以外もあって、その境界、リミナリティというものをどこかで限定しなければいけないわけでしょう。それが品川であり、小田原あたりであり、下総の国でありというところだと思うんです。「半七」以外で言えば、新宿の大きな事件を扱った「新宿夜話」という戯曲がありますね。旗本の次男坊が横車を押したあげくに新宿の女郎屋でメタメタにぶん殴られて、切腹させられて、それと引換えに斎藤某という旗本が、新宿遊廓を潰して自分のお家も断絶するという。あれは実際にあった有名な事件だけれども、それから数十年たって旅の僧になって再び訪れると、潰れたはずの新宿は栄えている。絶えず、ある時代が没落して、それを嘆き悲しむというか、それへの哀悼みたいなもので成り立っているわけです。

それは江戸人なら、もちろん瓦解の時に一回それを体験してますね。それから関東大震災でやられる。すべてなくなってしまった。それから終戦の時にやられた。大正文士は大震災とか戦災ぐらいだけれども、そのおやじの世代は瓦解を経験しているから、書くのも江戸文学に連なる。鷗外とか地方から来た知識人は、地方の人を差別するわけではないんだけれども、地方から来ると東京が初めてで基盤がないから、――鷗外なんかも史伝物に手を染めるまでは――その中で生活して旧江戸の人たちと一緒になって江戸文化を楽しむとか生活を楽しむというよりは、むしろ新たにつくられた明治以後のステータスの階段をのぼるということで必死になってしまうわけでしょう。それをやると、文士であろうが何であろうが、それだけで競走馬みたいに目かくしをつけられちゃって、あとの余裕がないんですよ。自然主義文学の人たちというのは、その余裕のないところで、しかも漢籍とか英語の素養もないような人が、ゆっくり文学を楽しむとかいうものとはまったく違う、実用本位と言ってはいけれども、自分の身の回りを観察して表現することで、要するにステータスを最短距離で上り詰めなければいけないという、そういう文学手段を追いかけた。果たして小説家の場合に、具体的にそういうコースがあったかどうかということは別問題として。

自然主義というのは、擬似国家論とか、国家論の裏返し、反体制も体制の裏返しでしょうが、まあ、自然主義の変種の私小説も、一種のハンディーなミニ・ユートピアを自分で苦しんで書いているわけですね。

文学史というものが、そういうものを中心にまとめられていったので、そうでないものは大衆文学として切り捨てちゃったんだね。ところが、いまになってみると、いまも一種の幕末状態でグダグダになっちゃっているから、「なんだ、こっちのほうがおもしろいんじゃないか」「こういうのもありだったのか」というふうな感じに、当然なってきますよ。

ぼくもいま、悪いけれども若い人の小説を読まないんですね。江戸文学ばっかりというわけじゃないけど、そっちの方に食指が動く。兎園《とえん》小説みたいな、いろいろな人が集まってきて自分の持ち寄りの話をどんどん話すような馬琴が編集した奇談集。綺堂も『青蛙堂鬼談』とかあるけれども、百物語形式で自分の持っている珍しい話をどんどんみんなに話して、それを筆談でまとめて一冊の本にしていくという形式。明治以降の人はそういうのをやらなかったんだけれども、菊池寛が座談会という形でそれを復活したのが、「文藝春秋」の成功の原因ですね。つまり、日本人の無意識の中には、話し言葉の文学、座談的な文学の無意識の流れがまだあって、それが問歇的に出てくるということですね。近いところでは井伏鱒二の『鞆ノ津茶会記』がそう。

江戸の人は暇だから、みんな集まって俳句の会をやったり、座談からおもしろい話を聞いた。その伝統を継いだのが明治の新聞ですね。綺堂も最初、新聞記者でしょう。東京の府立尋常中学を出て。まだ府立一中もなにもない、中学が一つしかなかった時代。そのあとに高等学校ができて、それがいまの駒場になる。そこから大学に行けるけど、そこまでいかないうちにさっさと退めて実業について、東京日日記者ですね。十九歳で当時の帝大出の初任給の最高額と同じ給料をもらった。その東京日日もすぐ辞めて、いろいろなところを転々とするけれども、常に劇評を手がけています。

もう一つは、まだ十八、九でしょう。若手だから、ヒョイヒョイ飛んで歩けるから、しきりに幕末の古老にインタビューしているんですね。聞き書きです。『三浦老人昔話』とか、『半七』も聞き書きです。聞き書きという形式を新聞記者の初期の段階で徹底的に仕込まれたというか、自分に対して仕込んだわけですね。それから劇評をやって、劇作の試作もやって、聞き書きの捕物帳をやったら、それを今度ドラマタイゼーションするとか、あるいはドラマを書いたらそれをノベライズするとか、そういうふうに回していった人ですね。いまの新聞ではスペースはそんなにくれないけれども、昔はかなりスペースをくれたわけです。そういうところで、うんと暴れられたというか、修業ができたんじゃないでしょうか。聞き書き修業は大きいです。

つまり、江戸の人間の最後に残って出来たことは、東京弁のお喋りです。あとのことは全部奪われてしまったわけです。最後に残ったのがお喋りで、向こう気が強くておっちょこちょいの江戸っ子というのは、話をしてすぐに忘れちゃうのがいちばんいいんだ。それを、京都とかの人のように平安文学調で残したり、九州男子みたいに勿体ぶった文脈で人を威圧するようにしてありがたがらせるような、そういうものにして残さない。サッと喋って、それで終わり。つまり落語家のセンスですね。それが最後に残ったものじゃないですか。いまでもそうでしょう。喋って終わりにしちゃう。

円朝は落語でもちょっと教訓調でかたいけれども、綺堂の場合はお芝居をやっている人だから酸いも甘いも知っていますよね。つまり、ふつうのサラリーマンであるとか勤め人であるとか、あるいはブルーカラーの上の方の人とかの読物に対する欲求というのを、ちゃんと引き受けたということでしょう。池波正太郎に似ているけれども、教養のレベルは上だったかもしれない。

どうも江戸の人は、五月《さつき》の鯉の吹き流しで、あんまり残さないんですね。残さないよさというものがある。散文の、何かに突き当たるようなところがないでしょう。奥歯に物がはさまったというか、ガリッとかんじゃったみたいな、そういう嫌なところがない文章ですね。水みたいにサラサラしていて、サラサラサラサラ流れていくわけで、話でも、力んでいるものがないですよね。

怪談や、こわい話でも、ふつうのことみたいに話している。もちろん人が殺されたりするんだからこわいに決まっているんだけれども、「こわいぞ」「こわいぞ」と、変にすごんでみせる仕掛けがないわけです。すごみがあるのと、すごんでみせるのとは、ぜんぜん違う。東京の人の言う、百姓っぽいようなことはやらない。きょう食う米もたいしてないけれども、穏やかに話を話として楽しんでいる。大正の終わりから昭和にかけて、日本人の明治以来の建国の上昇志向に、ようやく落ちつきを取り戻した。その間、大震災が起こったので、またそれが多少刺激があったんだろうけれども、しかし大正の初め頃から昭和の初期あたりまで、日本のいちばんいい時じゃないですか。そんなにお金はないけれども、毎日が、とにかく何とか食えるし、けっこう面白いし、人間関係が安定しているし、という時代ですよね。

岡本経一さんが指摘しているんだけれども、明治は前期、後期に分かれていて、前期は日清戦争まで。その日清戦争以後、震災あたりまで続くのかな、それが後期だと言っていますね。後期というのは、いちおう戦争にも勝って列強の仲間入りもして、軍人になりたい人は軍人になって、「私はそんなのはいやだ」というなら、それはそれですむ。ぼくら、子どもの時分、東京に住んでいて、そういう雰囲気がありましたよ。明治からずっときている家の人は、おっとりしていました。小さくなっているから、非常に町が静かで、いい感じだったんですよね。戦後ですよ、外から大量に人口が流入してきて、それがめちゃめちゃになっちゃったのは。もう一つは地上げで、それのほうがひどいだろうけれども、まためちゃくちゃになっちゃった。「半七」も天下国家に、正義にこだわらない。正義じゃなくて、犯罪の技術論です。どうやって捕まえるか。捕まえて一種の犯罪の分類コレクションをしているわけです。そして人間もちゃんと書き分けている。なにも正義をふりかざして、検察官的に「こらしめてやる」とかいう気はぜんぜんない。春風駘蕩ですよ。それに、話しているのは思い出だ。現場の報告じゃなくて、全部意志を抜き取って、表象だけにして書いているプルースト的な世界だから、読んでいて、すごく色がきれいだなとか、音がいいなとかいう、印象派の絵を見たり、ドビュッシーの音楽を聴いているみたいな、われわれの世界で言えば流しの新内か何かを雨垂れの音と一緒に聴いているみたいな、なにかそういう衰弱していく時の、ゆったりしたというのか、駘蕩とした世界ですよ。それは死に至る世界なんだけれども、キンタマがボンボン勃《た》っているような時とは違う別種の快感というのか、鎮静物質のセロトニンがポタポタと落ちていくような静かな快感……。運動選手がやたら速く走るときに出てくるドーパミンとか、ああいう活力感が唯一快楽だったという概念が変わっちゃう時に、やはり綺堂が回帰してくるんじゃないですか。

昭和のアリス

矢川さんと知り合ったのは、グスタフ・ルネ・ホッケの『迷宮としての世界』（美術出版社、一九六六年刊）を一緒に翻訳する相談をした時です。仲介役を努めてくれたのはぼくの学生時代からの友人の松山俊太郎でした。

矢川さんは、大岡昇平さんが外遊したときにドイツのブックフェアでホッケの原書を買ってきて、絵が面白いし、訳してみたらとすすめられたらしい。その頃ぼくも同時に読んでいて翻訳をやりかけていた。それで、二人ともやりかけているのだったら共訳しようということでお会いしたんです。

その頃の矢川さんは澁澤龍彦さんと結婚していて、鎌倉小町の二階建ての小さな家にいた。一階にご家族がいて、上に彼女と澁澤さんがいたんですが、二階の八畳間に机を並べて、床の間に本箱を——そう大した本の量じゃなかった——置いて、二人で勉強しているといった感じでした。

二人は岩波書店の校正室で知り合って一緒に住むようになったそうですが、そのいきさつはくわしくは知りません。矢川さんは、もともと学習院の独文でしょう。あの人はいろんな学校に行っていて、東京女子大の英文、学習院、それから東大の美学。ぼくも東大の美学美術史だけれど、時期がちょっとズレていたのと、ぼくはすぐに独文に移ったので、学生時代はすれ違いでした。

学習院には当時、関泰祐というドイツ文学者――ゲーテの『ウィルヘルム・マイステル』やトーマス・マンの『魔の山』を訳した人です――がいて、この人を慕って師事していたんじゃないかな。その頃の学習院は彼女のほかに由良君美、村田經和などがいて、とても知的でハイブラウなサークルでしたね。でもあの頃はすごい就職難で、ぼくも出版社や日本語学校に勤めたりしたけれど、彼女も行くところがなくて、岩波でフリーの校正をやっていた。二人で生活できるくらいの収入はそれでまかなっていた。澁澤さんが最後まで校正にうるさかったのも、岩波でプロの校正の時期があったからでしょうね。

小町の家では二人で机を並べて、校正をし、また翻訳も二人でやったこともあったかも知れないけれど、それはぼくは断言できない。ぼくの知っている範囲では、ホッケの矢川さんの分の訳は澁澤さんがレトリックなんかを少し直しているかなという感じ。その上にぼくが勝手に赤を入れているから、結果としてはぼくの文章に近いものになっているんですが。

そうしてぼくは小町の家に行くようになって、そのうち新しい北鎌倉の家に変った。小町の家にはいろんな人が来ていたね。あそこで出会った人の中では、出口裕弘さんがよく来ていたのを覚えている。金子國義さんが絵を持ってきたり。

矢川さんと結婚する前から、小町の家は澁澤さんのサロンみたいだったんじゃないかな。小笠原豊樹さん、つまり詩人の岩田宏さんとか、草鹿外吉とか、鎌倉のロシア文学の人が来ていた。鎌倉というのは海軍の高級将校が別荘を持っているような場所でしたが、彼らは戦後没落し、その息子はみんな反動で左翼になっちゃう。そういう海軍くずれのたまり場になってたんじゃないか。

その後、矢川さんと澁澤さんは別れた。そのことについてはあまり触れたくない。ただ、お二人が別れる間際の頃、ぼくは茅ヶ崎の団地に住んでいたんですが、ぼくが東京に行って留守の時に、お二人がタクシーでやって来て、留守番の女房にあとで聞いたんだけど、いませんと言うとしばらく二人は車の中で待っていて、その後あきらめて帰ったらしい。たまたまその日の東京からの帰り、保土ヶ谷あたりですれ違う列車の窓に澄子さんが俯いて座っているんで、ぼくはおやっと思ったんだ。一卵性双生児みたいだった彼女がひとりでいたからね。それが別れる直前のことで、まもなく、澁澤さんからも彼女からも、別れたという話を、たぶん電話で聞いたんだろうと思います。

その頃ぼくは都立大学に勤めていたんですが、それからというもの矢川さんは研究室にほとんど毎日のように来て、もう一度鎌倉に帰りたい、どうしたらいいかという相談を受けました。でも、ぼくは第三者ですから、どうしようもない。それはご自分で澁澤さんと会って話すしかないんじゃないか、そんなことを何度か言ったのを覚えています。他にも相談を受けた人はいただろうけれど、澁澤家を出て下宿した赤堤が都立大に近いせいか、連日のようにきていました。といっても、そういう話ばかりしていたわけではなくて、文学や本の話もよくしていましたよ。

ところが都立大もそのうち学園紛争の騒ぎでそれどころじゃなくなって、それからぼくも大学教師を辞めてフリーになって、文章だけでメシを食っていくために人様に会う時間があまりなくなって、だんだん疎遠になった。そのうちに彼女がいま黒姫に住んでいるという噂を人づてに聞いてへえーと思ったんだね。それからはあまりお会いしていなくて、自著のやりとりの上で音信があるくらいでした。こっちもドイツに行ったり、大磯に移ったりで、その後いまの湯河原に移ってからは、彼女だけでなく、当時のいろんな人達に会っていない。

矢川さんの『おにいちゃん　回想の澁澤龍彦』（筑摩書房、一九九五年刊）という本を読みましたが、あれはイニシアルで書いていて誰が誰だかよく分からないし、またわからないように書いているんでしょうけど、ぼくはあまり感心しなかった。ああいうことは、本当にズバッと書くか、そうでなければもっと抽象化して書くかどちらかだと思ったんです。

それは彼女自身も気がついたんでしょう。だんだん自分のモチーフを煮つめていって、濃厚に抽象化していった。ぼくは、彼女が自分のモチーフをつかんだのは『「父の娘」たち　森茉莉とアナイス・ニン』（新潮社、一九九七年刊）だと思う。あれは文字通り「父の娘」のテーマで、森茉莉、野溝七生子、尾崎翠を書いているけれど、根底にあるのはアナイス・ニンです。

アナイス・ニンは、銀行家の夫と学生時代につき合って、そしてやがて一緒になった。この夫は「永遠の少年」タイプで、星の王子さまというか、澁澤龍彦に似ているかもしれない。もうちょっと弱々しい人かな。それが、野人のヘンリー・ミラーに奪われる。荒々しく扱われることでアナイス・ニンは性の快楽に目覚める。アナイスにはスペイン人の血が入っていますが、リルケが翻訳した『ぽるとがる文』の世界、あるいはベルニーニのアヴィラのテレジア像などに見られる南欧系の修道女の神秘主義に共振するようなところがありますね。神秘体験と性愛体験が合一する瞬間があるわけです。神秘主義が性的快楽と隣り合う、あるいは一致する瞬間があって、そこから女性として何かを得てくるタイプがイタリアの女性にはある。

アナイス・ニンは、性的体験の中から翻転して見神体験、宗教体験を獲得し、次の段階にはインセスト、つまり父親との性愛関係に入った。おそらくオットー・ランクという精神分析家のサジェスチョンがあったのでしょう。父親と寝てその後彼を捨て、ファーター・イマーゴ（父親像）を克服するということをやった。しかしさすがに荒療治すぎた。それで分裂症に近い精神の病を発症し、薬漬けになる。薬漬けにはなるけれども、父親像を捨てたということは、つまり自分がグレートマザーになる方向に進んだわけですね。それで最晩年は息子みたいな年齢の貧乏文士や芸術家を傍に遊ばせて、稼いだ印税で彼らを養う。最後にはヘンリー・ミラーや自分の夫をも「少年たち《ボーイズ》」として扱う目を獲得しました。

ですが、日本の「父の娘」たち、先ほど言った野溝七生子、森茉莉、尾崎翠、この三人の誰ひとりとして、性的体験を宗教体験に翻転させるというタイプの人ではなかった。われわれは「神のない国」に住んでいるわけですからね。そして、矢川さんもそうではなかった。そうなると、どこで父親像にけりをつけるのか。あるいはそれ以後の性的葛藤の後で——性的葛藤といってもアナイス・ニンほどドラマティックではなくて、それなりにドラマはあるけれども、むしろ植物的な、日本人らしい性的体験だと思います。身体つきも少女的ですしね——どこかで父親像というものを、娘の立場から書かなければならない。そのモチーフを矢川さんがつかんだのが『「父の娘」たち』だと思う。

『「父の娘」たち』は主として森茉莉を書いていますが、矢川さんとしては野溝七生子が自分の理想に近かったのではないか。最後まで知的な文業を続けた学者タイプですね。森茉莉みたいに、圧倒的な父親がいて、自分が愛されているという幻想の中で一生を終えるというような、愛の錯覚の中で生きていた人ではないと思う。ちゃんとわかっていた。自分の母親と森茉莉が似ていると言っていましたね。子供時代に全部を下男や下女がやってくれたので、スポイルド・チャイルドのままで、自分の身のまわりを整理整頓できない。自分のお母さんもお医者さんの娘でそうだったし、森茉莉もそうだったと。

彼女はしかし、「父の娘」たちの三人の中でも、自分とは違う、森茉莉の永遠の少女タイプのところで、終わってしまいましたね。知的な世界像をつくることで自分の世界を完結させる野溝七生子のようにはならなかった。尾崎翠は三人の中で一番詩人タイプですが、尾崎翠とも違う。尾崎は鳥取の実家に帰って精神病院に出たり入ったりして、いわば「廃疾者」となって死んだと従来の伝記では言われていましたが、最近の研究では変わってきています。つい最近読んだんですが、『尾崎翠と花田清輝』（北斗出版、二〇〇二年刊）を書いた土井淑平という近親者らしい人の報告では、尾崎は精神病質ではあったけれど、最期は甥や姪など小学生ぐらいの子供たちを育てて、生活者として亡くなっていったのであって、「精神病で終わった」というのは間違いだということです。

甥や姪を集めて一緒に遊ぶという、グレートマザーの方向を選んだ尾崎翠。矢川さんが『「父の娘」たち』を書いた頃は、尾崎翠研究がまだ不正確だったので、矢川さんはその認識の上に立って、そちらの方向へは行かなかったのかもしれない。だけど、聞くところによると、彼女自身も、「たま」とかいろんな若い詩人やアーティストを身のまわりに集めていたし、長野ではいろんな会などによく出かけていたそうですね。だから、そういう方向もありえたはずだし、本人もそれは自覚していたと思う。それが、そうではなくなった。やっぱり「永遠の少女」として、「永遠の少年」である澁澤龍彦と机を並べて八畳の間で勉強している、二十代のあの頃に戻りたかったのかな。

結局、矢川さんはひとりで、森茉莉のような永遠の少女型の死を選んだわけですね。森茉莉の場合は、矢川さんより高齢で、まったくひとりで、電話もなく、亡くなってから三、四日して、ほとんど物質になった亡骸《なきがら》として発見された。その亡骸を彼女は見ている。そして自分もそうなるのではないか、とものすごい恐怖があったらしいんです。一人暮らしですから可能性は充分にある。どんなに能力がある人でも、高齢になって一人暮らしなら、もし身体がどうにかなったら、どこか安全な養老院のような場所に入らない限りどうしようもない。しかし、文学活動をやっている人は、そういうところへ入りたがらなくて、あくまでも一人で頑張ってしまう。

森茉莉の場合は子供とも別居しているから、ああなるしかなかった。野溝七生子はもと大学教授としての年金はあったから、ホテル暮しをして、最後は施設に入っています。一番安全なのは家族と一緒にいることで、尾崎翠がそうでした。そういういろんな選択があるなかで、森茉莉的な老後を矢川さんは選んでしまった。自分が恐れるものをなぜか選択してしまうというのは、よくあることです。一番やりたくないから、避けているからこそそれをやってしまう、どうもそういう深層心理的な衝動があったのだろうと思うんです。

矢川さんは「父の娘」たちの三つのタイプをモデルとして書いた。その二人とも、明治の中頃の、出世頭ではないけれども中くらい以上までいった父親の、知的な家庭の子供たちです。日本の近代化の中で、ある程度まで功成った父親の家庭に生まれた娘たちが、ある種の父性像を持つ。その最後の世代が矢川さんになるわけです。彼女の父親、矢川徳光さんは、ソビエト教育学者で日本共産党の国際派のバリバリでしたね。それが最後はぼけて、日常生活の小さな出来事まで「これは委員会の陰謀だ」と妄想がかかってくる。そういうお父さんの人格崩壊が矢川さんにはたまらなかったでしょう。父性像がどんどん崩れていくのをずっと見ていて、最後には父性像なんてのも無くなって、そうすると残るのは「チャイルド」しかない。

そもそも澁澤のチャイルドネスを承知で一緒になったけれども、それでは飽き足らなくなって、父性的な人物のところに走った。だけどその人が彼女の父親像を叶えてくれたかどうか。

彼女の遺作『アナイス・ニンの少女時代』（河出書房新社、二〇〇二年刊）のすこし前の仕事はライナー・チムニクの翻訳『クレーン』ですね（再刊）。クレーン男が長年自分の役割を果たして、役割を終えると背中をみせながら丘を越えて消えてゆく。とても良い父性像でしたね。でも、結局、「父性」か「少年」かという選択ではないんです。父親が誰だかわからない子供たちが、グレートマザーのまわりにうじゃうじゃいる、男はもう全部チャイルドで、父でも少年でもない。大母の周りで遊んでいるだけ。消耗していなくなっても、グレートマザーは子供なんていくらでも作れる。父方の姓を名乗って家系を続けるなんて武家的な発想ではもう駄目なんです。矢川さんはそれを百も承知で、でも、やっぱりお嬢ちゃんだから、彼女なりの「美と調和」観念が足かせになって、グレートマザーの方向へ行きかけながら、そちらへは行かなかった。だけど、昭和の幸福なアリスとして生きましたね。ラッキーな女ではかならずしもなかったけれど、ハッピーな少女でした。

焼け跡酒豪伝

東京を離れてから、茅ヶ崎、大磯経由でこの家で二十七、八年になるけれども、ここに来た当時は、このあたりは一軒も家がなかったんだよ。この頃は東京から移住してきた連中も増えて、うちが一番古くなったな。昔は冬になってあたりの木の葉がみんな落ちると、ずーっと一面に海が見えたんだ。これから、十一月頃から三月頃まで、北西の強い季節風が吹くんだ。ガラス戸の枠がひん曲がるぐらいの。

酒飲みの話ですか。酒豪というより酒仙といえば田村隆一さんだな。東京の愛宕にいた頃、遊びに来られてね。こちらも鎌倉によくうかがった。鎌倉の材木座にいらした頃はよかったなあ。漁師が行くような地元の酒屋で、二人で金出し合って酒買って缶詰空けて、あとは延々と飲んでた。あの頃は最高だったねえ。え？　もう四十年も前の話（笑）。三十五年前か。七〇年前後だな。

襖《ふすま》の絵、いいでしょ。あれは平賀敬。酒品のいい男だったね。こっちは美濃君っていって、そう、美濃瓢吾。『浅草木馬館日記』を書いた男。彼は「まねき猫」ばっかり描いているんだ。ここには秋山祐徳太子、その後ろには赤瀬川原平。原平さんが「襖絵」という小説でこのこと書いているよ。

あなた（田村に）、美学校で僕の授業聞いていたんだってね。へえ、もぐりね（笑）。田島って知ってる？ 時々うちに来るんだけど、貝野澤は？ そういえば、山猫屋（古書山猫屋・神保町）の奥さんの加福多恵さんが美学校だろ。津軽の人でね、鈴木清順のクラスにいたんだけど、なかなか面白い鳥の絵を描くんだね。ふうん、今はお店やってるの。神保町一丁目？ 今度行ってみよう。まだ身体が良くないんで方々には行けないけど。

あの辺は神田日活って映画館があって、お隣のランチョンも焼ける前のほうが良かったね……横っちょに、終戦後すぐ高橋義孝って独文学者のお母さんがやっていたお店があったよね。おっかないおばさんだったな。いや、飲み屋じゃないよ、古本屋。今の古本屋ってどうなの。いらない本を送ったら引き取ってくれるわけ？ うちはめんどくさいから図書館に寄付しちゃってるんだよ。

そう、山口さん（山口書店）、まだやってる？（笑）。あの人もおっかないんだよな。保田與重郎一点張りだからさ。美本なんか手に取ると、「こっちこっち！」って、汚い本のほうを指定される（笑）。いくつになったかな、もう八十近いだろ。文芸評論家の磯田光一、あの人があそこでよく本を漁ってたね。三島由紀夫に誉められて、三島の書誌を作ってるの。やりそうだなあ。

三島さんと差しで飲んだことはないな。あの人は大体、お酒なんか飲まないだろ。飲まなくてもおかしなことといっていたけど（笑）。晩年にお会いしたとき、あれは自決するときのことを、ヴィジョンの中で考えていたんだね。例えば、ヤクザになるのは腕の一本ぐらい斬られても平気な精神資質の人なんだとか、首を落とされると、残った首の皮のほうが、本能的に頸動脈を包み込むように内側にシュルシュルと巻き込まれるとか、そういう話をする。自分も首を斬られるとそうなるだろう。腕の一本ぐらい腹切りぐらいは平気なもんなんじゃないかとか、一種の自己催眠をかけてたんじゃないか。だろうね、だって腹切りゃ痛いに決まってるよ。

だけどね、『葉隠』に書いてあるようなこと、あれはね、人間いざとなるとやれるんだよ。胃の手術で腹切ってわかった。僕は切られたんだけどね（笑）。麻酔がなくても暗示にかかれば、できそうな感じがあったな。もっとも今の外科は進んでいるから、次の日からもう歩けるんだよな。だからかね。

僕の親父は株屋の手代でね。戦中は戦時株でもうかったんだけど、終戦と同時に紙切れになっちゃったでしょ。転業もしたんだけど、失敗続きでね。しょうがなくてこっちは闇市で働きはじめたわけ。これ（一・五m×一mぐらいのテーブル）の半分ぐらいの屋台でね、ピーナッツ売ったり、ライターのオイルを交換したりする仕事でね。新橋とか北千住とか、いろんなところにショバがあって、北千住あたりでは一日八百円にもなるんだよ。元の証券会社に舞い戻った親父がヨチヨチやって月給千五百円かそこらのときに一日八百円。その稼ぎで何をするかというと、闇市の古本を買っていた。世間みんなが食えなくて、戦地で亡くなった大学生の息子さんの本を売りに出したりする。タケノコの皮を剝ぐような、俗にいう「タケノコ生活」というやつだね。岩波文庫の小林秀雄訳のランボーが百五十円とか、目もくらむような高さだったけど、家に金を入れようなんて殊勝な気持ちがないから全部本に使っちゃうんだよ。それでも余るんだ。それで最初の酒だな。

総評のゼネスト、二・一スト。これはマッカーサーの弾圧をくらって中止になるんだけど、その前夜にはじめてアルコールにお目見えした。中学二年生。神田の駅前広場に「栄養スープ」というのがあったんだ。そうそう、ビフテキも入っていれば煙草の吸い殻も入っている、進駐軍の残飯をぶっ込んで煮込んだ恐るべきヤツ。それが十円。神田に金《きん》っていう、僕よりいくつか上の朝鮮人がいて、わりに僕のことをかわいがってくれて仕事を回してくれていたんだけど、そいつに誘われて初めて外食したんだな。あ、差別じゃないんですよ、その頃は南も北もなかったんだから。みんな朝鮮人。

うちはいうことだけは小市民的だったから、外食をしてはいけないといわれてどんなに腹が減っても、それだけは守ってた。おふくろにいわれたんだったかなあ。おふくろもね、戦後の苦労で、すぐ亡くなったんです。でね、その約束を初めて破った日に、栄養スープと焼酎（笑）。ちっとも美味かないんだよ。だけど腹が減っているからガーッとやって酔っぱらって、一時の空腹を麻痺させるわけだな。それでクセになった。学校に戻っても教室を抜け出して、焼酎を飲ませるバラックの中華料理屋で一杯やって帰ってくる（笑）。酒の勢いで先生とケンカしたり、煙草を覚えたのもその頃だな、洋モクの回しのみで。十五、六の頃だね。

未成年飲酒ではずいぶん捕まったなあ（笑）。それも酒でカタがつくんです。親父がね、一升瓶二本持って謝りに行くと許されちゃう。でも、その頃は楽しんで飲んでいるわけではなかったからね。一種の反抗心と、何よりお腹が空いてたってことだよね。それより前の終戦直後なんか、みんな、学校にビール瓶持って行ったんだよ。中身は重湯。米なんか一粒か二粒しか入っていないようなものを飲むだけ。そういう生徒が三割ぐらい。おじやにイモ、カボチャなんかぶっ込んだものを持ってこられるのが三分の一、あとは何も持ってこない。白米のちゃんとした弁当を持ってくるのは芸者屋の子だけ。そういうのを待ち伏せして、かっぱらって食っちゃう（笑）なんてことをやってたわけだ。

池袋に朝鮮人の部落があってね。そこでおばあちゃんが米を嚙んでクチャクチャペッペッとやって、それが酵母になったどぶろくを造ってたんだ。よく親父に買いに行かされた。質が悪いから、いわゆる「直し」というのかな、置いとくとすぐ酸っぱくなっちゃう。だけどあの頃は酒そのものがなかったからね。みんな粗製の酒か焼酎を飲んでましたね。

自分の金で本格的に飲みはじめたのは府立九中からトコロ天式に昇格した都立九高、今の北園高校生になってからだね。この高校は先生に恵まれていたんだ。三島由紀夫の学習院文芸部の先輩の坊城俊民さんのような先生もいた。僕の入る前の年まで荒正人がいたけど、警察に引っぱられた。卒業してからは歴史学の網野善彦さんが来た。中沢新一のおじさんだな。丸谷才一も来たね。英語の他に独・仏・中国語の講座があって、何を受けてもよくてね。それで僕はドイツ語を受けることにした。僕らの代は、現役と浪人合わせて百五十人、東大に入った。その年だけだよ、日比谷〔高校〕を抜いて全国一位だったのは。学生の生活態度はよくなかったな。焼酎飲んだり、煙草の吸い殻をボンボン教師に投げつけたりしてさ（笑）。でもそれで翌年取り締まったら学力までガクンと落ちちゃった。やっぱり人間は放任しといたほうがいいんだな（笑）。

池袋の闇市にはしょっちゅう出入りしてたね。高校入って勉強するってんで、僕だけ玄関脇の二畳の個室をもらったんだけど、あとは二部屋しかないような小さな家でしょ。兄姉たちもいるし、結局外に出て遊んで、というかうろついているわけですよ。池袋から明治通り、あるいは雑司が谷にかけて古本屋は十五軒ぐらいあったかな。夏目書房があって、あとから池袋の大地主・芳林堂の古本屋ができたね。闇市にも小さいのが三つ四つ、文学青年くずれがやっているような店で、本の質はよかったですよ。祥雲寺坂下のほうには大岡昇平の弟がやってる新本店があった。立ち読みして、時々は買う。というのも闇市時代は現金だったんだけど、少し経つと、こっちが本を持って行かないと売ってくれなくなったんだよ。物々交換のようにして、足りない分をお金で払うんだね。

その頃泡盛《あわもり》を覚えてね。それまでは焼酎、バクダンってやつだな。立ちくらみはするし、朝は目やにで目が開かない。死んじゃったやつもいた。古本屋回りにくたびれて泡盛屋に入ると、山之口貘さんがいたりする。貘さんは沖縄から来て、戦争前は旗の台のほうで土管に寝起きしてたというから苦労人でしたね(笑)。池袋には絵描きが多かったな。寺田政明、役者の寺田農の親父だね。山下菊二、山下さんはお酒は飲まなかった。佐田勝とか大野五郎とか大彫刻家の息子の木内岬。

今の西武デパートの真ん前にね、「小山」というコーヒー屋があって、昼間はみんなそこにいたんですよ。戦争中は泡盛屋だった。ご主人も沖縄出身の絵描きさんだったけど食えないから店を始めた。池袋モンパルナスあたりの安い酒しか飲めない連中の溜まり場だったようですね。戦後はご亭主が戦争中亡くなったとかで、古沢岩美の『美の放浪』に出てくるよ。お酒の相手をできない未亡人が喫茶店にしたんだね。最初が泡盛屋だったから、貘さんもいたんだな。朝から晩までいる。昼になると綺麗な娘さんが持ってくる弁当を食べて、コーヒー一杯だけでずっといる(笑)。貘さんのこっちがわにには川柳の川上三太郎がいるけど二人とも動かない。それぞれ編集者がやって来て原稿を持っていくんだな。

僕らは小僧っこだったけど、アンデパンダンの時代ですしね。展覧会の切符をタダでもらったりして、それで何となく現代芸術ってものを覚えたんだね。みんな前衛なんだけど売れない作家たちで（笑）、そういう連中とも「小山」や泡盛屋で友だちになった。「小山」は学者も多かったな。矢内原伊作とか、「赤と黒」って同人雑誌をやっていた連中。

うん、絵描きさんとのつきあいのほうが古いね。絵描きは足腰で描いているから、昼間発散している、ある意味労働者なんだけど、文士って発散していないし暗いでしょ。だんだん恨みがましさが出てきてケンカになるんだ（笑）。野坂昭如みたいに芸能界に片足を突っ込んでいるようなのは、そっちで発散しているからまた違うんだけど。ナルシシズムで固まっているようなイヤなやつが多かったな、自分も含めて（笑）。ま、作家なんてのはみんな引きこもりだからね。

「あさ」という飲み屋は、新宿のジャンジャン横丁の火事で池袋に移ってきたんだ。今の芸術劇場あたりは焼け野原だったけど、あの辺お上の土地じゃない。ぎりぎりまで闇市が立って、その境界線にあった。そこのおじさんは戦中、軽井沢で肺病の療養をしていてね。福永武彦とか中村真一郎といった堀辰雄を慕って集まった軽井沢文士とその頃知り合った。そのお仲間の佐々木基一やアメリカ文学の橋本福夫と弟子筋の木島始とかが来てたね。博多美人の女将さんは福岡出身だったから泡盛も置いてあって、九州文士の檀・雄とその弟子たち、富島健夫なんかがしょっちゅう来ていた。富島なんて僕と同い年だけど、小説が売れてきた頃だから羽振りがよかったねえ。女連れて高い酒をバンバン飲んでた。落語研究の大家になった矢野誠一もいた。その頃の話ができるのは、もう彼ぐらいじゃないかな。

大家も卵も一緒に集まるような店でね。東北から出てきた平賀敬も、まだ何ともつかない飲み助だったんだ。シェル石油賞でフランス留学するときに、佐藤春夫と檀一雄から餞別もらったはずだよ。「あさ」で飲んでいたおかげだね。それから足立正生がいたね。ケンカは強かったなあ（笑）。ルポ・ライターの小板橋（二郎）と互角じゃないかな。小板橋君ともそこで知り合ったんだよ。そういや小板橋君、堀切さん（利高氏・本誌元発行人）の教え子なんだってね。

ちょっと。おーい、お酒持ってきて。俺のは燗つけて。僕はビール禁止されてるんだ。お酒がよかったら、お酒にして。ワインもあるから。

もう少し寒くなるといい魚があるんだがな。だけど、今の人たちは酒を飲まなくなったねえ。ファースト・フードと立ち飲みのコーヒーで人間関係が作れるもんなのかねえ。僕らの頃は、学校なんて行かないで飲んでたんだよ。酒飲んで古本の情報交換して、そのうちに前衛がどうしたこうしたで同好の士が集まるんだね。流行作家なんて読まなかったけどねえ。

そういうのも、いなくなったわけじゃないんだよな。小田原の飲み屋で見かけた『虚無思想研究』の連中、平塚雷鳥の年下の俳優の亭主の子どもなんかがメンバーなんだけど、あいつらなんかは面白いな。みんな極端に貧乏なんだよ(笑)。

小田原っていえば谷丹三って知らない? 牧野信一の弟子格の作家。牧野は中世の騎士団に憧れていて、友だちを作るのが大好きだったでしょ。同人誌の「文科」を作ったり、小林秀雄や河上徹太郎は彼が育てたようなもんだね。小田原の牧野の実家は地主だったたし、親父さんもアメリカ帰りで英語が達者でね、当時としては新しい家だったんだ。そこに安吾とか井伏鱒二のような無名、新人の文士を集めて、飯を食わせて、酒飲ましていたわけだね。谷丹三はその一人。

下町の職人の息子で、浦和高校でフランス語を始めて東大の仏文に入るんだ。澁澤の先輩だな。でも親父さんにはわからない。せっかくコツコツと貯めてやった金で一体何をしてんだ、とね。そりゃ親父さんのほうが正しいんだけれども(笑)。ヒネて家を飛び出して延々と群馬のほうまで歩きに歩く貧乏道中を小説化する、そういう小説を「三田文学」あたりに寄稿してました。牧野さんが死んだ後は糸が切れちゃって、深川の料亭の婿養子に入った。戦争中にね、酒の特配があったのは軍需景気の料亭だけなんだよ。それを狙って文士どもがアリのように群がったらしい。埴谷雄高とか詩人の栗林種一とか。谷さんはお燗番。埴谷さんもかなりワルい人でね。たかりの名人（笑）。恩返しのつもりだったんだろうね、戦後に「近代文学」でそのことを書いています。

谷さん自身は、戦前は暗い作品が多かったんだけど、戦後はボードレリアン風の、想像力の中で女の身体を分解《バラバラに》する、十六世紀の紋章詩の形式を取り入れた小説をいくつか書いているね。僕は牧野さんの弟子ということで尊敬していたから、学生時代にずいぶん読み漁ったな。でね、思わぬところで谷さんと出会うんだよ。僕が大学出るときには今よりひどい不景気でね。一年学内浪人して東大新聞でアルバイトしてたんだな。その校了打ち上げをやっていた飲み屋が、今のコマ劇場のすぐそばにあって、店名は忘れた。十畳ぐらいの座敷があって、土間でお燗をつけていたのがハワイ人のおばさんと娘さん。そして、もう一人ひょろひょろした中年男が谷丹三だったんだ。戦後、料亭のカミさんと二人で店を始めたんだが、苦学生とカミさんは派手好きな下町っ子だろ。性格も合わなかったんだろうな。どこかの編集者にカミさんを取られちゃったんだよ（笑）。それでハワイ女性と店を続けてたらしい。ハワイ女性との重婚説もあるんだけど、戦前の経歴が今ひとつわからない。一時期ハワイに行っていた可能性もあるし。ハワイは二重国籍がとれるから重婚は合法なんだよね。

ひょうひょうと、自分の店でお酒を飲んでいたのが印象的だったな。いつの間にか店を畳んで、法政大学のフランス語の教授になったと聞きました。退職後はパリに住んで当地で客死したらしい。本望だったんでしょうね。親戚に料亭や技術者があって徴用されることなく、戦後も悪気なく小説を書けたような人は、わりに「近代文学」系に書いてますよ。

もう一人、最近出た集英社文庫の『ユリシーズ』の訳者の一人の永川玲二。彼は終戦の半年前に広島陸軍幼年学校を脱走して全国を歩きまわって、ついに脱走に成功したという人。軍学校の脱走は、逮捕されたら銃殺でしたからね。丸谷才一の『笹まくら』のモデルだね。幼年学校ではわりあい語学をちゃんと教えていたから、永川さんは東大に入り直して英米文学者になるんだね。僕は都立大学の教師時代に一緒だった。ちょうど全共闘でね。バリケード封鎖された教室を見回りに行かされるんだな。近くに土方《ひじかた》（巽）さん家《ち》があって、僕はそこから通ってたんだけど、一緒に見回りしていて一番面白かったのが永川さんだった。

慣れっこだから一回りしてから詰め所で朝まで一升瓶空けて、新宿のしょんべん横丁に行ってまた飲み直す（笑）。それで僕は家に帰るんだけど、永川さんは中央線の急行に乗って終点の大町に向かうんだね。黒部の山のほうに自分専用の穴ぼこがあって、そこで一日グーッと眠ると疲れがとれるというんだな（笑）。放浪している間に単純生活っていうのかな、放浪者のテクニックを身につけていてね。家に行ってもトランク二つとリュックサックぐらいしかない。本は研究室に置くか、読んだら売っちゃう。そんな人だから教授会がイヤになって、僕も一緒に辞めちゃったんだ。

僕はそれから東京でモタモタしてたんだけど、彼はずっとイギリスに行っちゃってさ。カモエンスというポルトガルの大詩人の伝記小説を書くための資料探しにね。カモエンスには「ルシアダス」という、ポルトガルからフィリピンぐらいまで航海する海洋抒情詩とでもいう作品があってね。それがお好きだったんだね。それで資料漁りにヨーロッパに行ったら、ロンドンでは英語が通用しなかった。ところがリスボンに行ったらポルトガル語が通じてね、嬉しくなってそこに定住しちゃったんだな。あそこはタコでもイカでも獲れるからタダみたいに生活できるだろ。そのうち多国籍のヒッピーが彼のまわりに集まってきた。そのヒッピー集団のボスになってイベリア半島横断なんかしちゃってさ。当時スペインにいた堀田善衛にも、スペインでお世話されたとかしたとか（笑）。

数十年もそんな生活しながら、たまに日本に帰ってきて筑摩書房でちょっとしたエッセイを書いていたけどね。印税なんて吹けば飛ぶようなもんでしょ。おそらく日本人旅行者のガイドなんかで暮らしてたんだろうな。最後はコインブラ大学の教授になって定年後に帰国したらしいんだけど、向こうで世話してやった人たちを各戸訪問するという名目で、やっぱり日本中転々としていたらしいんだ。それが何かの会のとき、ギョーザ店のパイカルかなんかで酔っぱらってね。武蔵野館のあたりに欄干のない急な石段があるだろ。そこから落ちて亡くなったんだよ、この話は先一昨年。広島陸軍幼年学校の同級生の医者が書いた『医者がススメル安楽死』（柴田二郎、新潮社）という本にも出てくるんだ。新宿を出て亡くなった人と新宿に帰ってきて亡くなった人、対照的な酒飲みでしょ。

土方さんですか？　戦後の天才を一人挙げろといわれたら、あの人しかいないね。誰もかなわない。やることなすことビックリするようなことばかりですよ。酒が好きだとか、飲んべえだとかいうのとは違うね。芸術一途でその合間に飲んでいるようなもんだから。普段も過激な人だから、酒飲んでいるときとそんなに変わんない。飲んでるときにはちょっと過激さが増すぐらいで（笑）。澁澤さんもそうだけど、あの頃の人たちはお金はないけどヒマだけはある。トリスかなんかをダラダラ朝まで飲んでいるという感じでしたよね。土方さんちも、夜の十一時に人が来て飲みはじめるという感じで、お弟子さんも多かったから、奥さんも大変だったろうね。土方さんより、加藤郁乎のほうが酒癖が悪いんじゃないかな。江戸前の酒なんていってるけど、会津の人だから怨念がこもっているんだな（笑）。

こないだ本が出たけど（『神楽坂ホン書き旅館』黒川鍾信、NHK出版）、神楽坂の「和可菜」には僕も何回か行ったことあるよ。

あれに出てくる映画監督の浦山桐郎も、いい酔っぱらいだった。あれは本物だな。一緒に飲んでたら殺されちゃうもん。閉じこめておいて飲め飲めって、一週間ぐらい飲み続けで出してくれない。まあ、荒れてもねえ、向こうは身体が小さいからコントロールはしやすいんだけど（笑）、その辺、中原中也なんかと似たようなタイプかな。浦山さんも親父さんが歌人でしょ。その系列だったんじゃないかな。浦山は純綿のような人だった。いい酒だったらいいんだけど、悪い酒のときにも、純綿がそのままの色に染まって出てくるから……酔っぱらいとしちゃそれが当たり前なんだけれども。石堂淑朗と一緒のアパートに二、三階分けて住んでたけど、あの頃の二、三年で、世田谷の寿司屋あたりで一生食えるぐらいのお金を使っちゃったんじゃないかなあ。まだ映画がいい時代だったたですね。

昔は飲み屋も安かったんですよ。寿司屋なんかでも気っ風のいいのがいてね。光文社時代、僕は池袋方面の担当だった。山手樹一郎、水上勉、横山光輝、高松町あたりに固まっているんだね。で、一回りしてきます、って行きゃあしないんだけど（笑）、作家さんの奥さんに、今日来ていることにしてください、とお願いして寿司屋に行っちゃうんだな。金寿司って寿司屋が高松町にあってね。魚河岸で素っ裸になってマグロ担いでるうちに一升、仕込みをしながら一升、客の相手をして一升、一日に三升飲むオヤジがいてね。客も酒飲み優先でさ。アワビのワタとか赤貝のヒモなんてちょっとと出してくれるんだよ。それで機嫌良く飲んでいると向こうも機嫌がいい。酒飲み優先で、女なんか相手にしない。女は注文しちゃいけないの。出すもの黙って食ってればいいって（笑）。それで夜中まで飲んで、勘定っていっても「よくぞ千葉の酒を飲んでくれました」なんていって百五十円。遊び半分でやってるんだよね。

そこには梅崎春生がよく来ていたな。背中を向けてムッツリしながら昼間から延々と飲んでいたね。書けなくて来ていたのか、書き終えたから来てたのか。あんな暗い背中で飲んでいるんじゃ……と思っていたけど、やっぱり長生きできなかったねえ。いい作家だけどな。今の若い人、読まないのかねえ。

東大新聞のアルバイトの後、学校出てから渋谷で日本語学校の教師をやってたんだ。

道玄坂下は、まだ恋文横丁の闇市が立っていてね。「玉秀」という、ちょっと美味いものを食わせる魚屋があって、そこでよく昼飯を食った。チョンマゲを結ったオヤジの店で、二階では越路吹雪が、後のダンナやバンドのメンバーなんかと、昼間っから盛大にやっていた。いや、あの女は飲むねえ（笑）。

新宿でも飲むようになったのは、光文社に入った昭和三十五年前後。職安通りを越えて、その頃に建てはじめたコマとの間の、朝鮮人の経営するアパートに住んでいたんだ。三畳間五百円。酔っぱらって、強盗・強姦が多かった真っ暗な道を帰るのが日常だったな。

身体をこわして週刊誌から小説に移ったんだけど、一番接触していたのは丸尾長顕だった。彼は当時、深沢七郎を売りだしていた。日劇ミュージックホールの演出家だっただろ。それで「女性自身」で女《おんな》深沢七郎を作ろうじゃないかというんで長顕さんが売り込んできたのが……まだ現役だから名前は出さないけど、貧乏で苦労していた日劇の踊り子だったんだな。僕が単行本をまとめるというんで毎日のように日劇に通うようになってね。今の朝日新聞と一緒になったマリオン。あそこの有楽町寄りの、今はショウウインドウになっているところに、米兵のために作られた外側から直接ミュージックホールに入れるエレベーターがあったの。白木みのる君がストリップと共演していた時代だね。団鬼六が丸尾さんの助手だった。なかなか演出させてもらえないってんで縛りに転向するんだな（笑）。平賀敬も舞台装置をやってたといってたな。そういえば、団さんもこのすぐ下にいるらしい。

例の踊り子さんの単行本売れたんだよ。当時で印税が百五十万円ぐらいだったかな。だけどその子は、もう小説は書くつもりはない、新宿でバーをやるというんだ。「キーヨ」という有名なジャズのお店のそばだったな。初日に行ったら、後にヘンリー・ミラーのカミさんになったホキ徳田がピアノを弾いていた。深沢さんはお酒飲まないから来なかったけど仲間内のような客が多くてね。食い合いで潰れるよといったら、文壇の人を連れてきてくれと。それでつきあいのある作家を連れて行ったんだ。みんなわりとすぐ常連になった。彼女、美人だったからね。野坂は毎晩来ていたな（笑）。売り出し中だったから、金の使いっぷりもよかったしね。

文壇の連中が本格的に来るようになったのは「サド裁判」のときからだな。澁澤とか埴谷雄高とか、白井健三郎はどうだったかな。めったに外に出ない人たちが、裁判だから出てこざるを得ない。文壇バーになりかけの頃だから、そう高くもなかったしね。そういう連中に引きずられて井伏さんが来てた。吉行さんもよく来てたな。それから十返肇《とがえりはじめ》、昭和中期のモダニストで「肉体の門」の田村泰次郎の弟子だよね。ダダの関係で吉行の親父（吉行エイスケ）をよく知っていた。十返さんは流行評論家だったけど、いつ書くんだろうと思うほど来ていたね。酒飲んで、寝ないで書いていたんだろうな。早くに亡くなったね。

あとは「風紋」だ。ママは林倭衛《はやししずえ》というアナキスト画家の娘さん。太宰の「美少女」のモデルだよ。彼女はもともと筑摩書房の編集者だろ。もう文壇の巣ですよね。亡くなった人をずいぶん見かけたね。檀一雄とか尾崎士郎とか、漫画家の六浦光雄とか。あれも不思議な人だったなあ。下町の甘いもの屋の通で女の子にモテた。僕は二年ぐらいで光文社を辞めちゃって失業中だったけど、あそこはいつまでも何もいわないでツケといてくれたんだよ。いやあ、腹のでかいママだったな。

区役所通りには、新藤凉子さんという女性詩人がやっていた「トト」というお店があってね。講談社系の水上勉とか中村真一郎という人たちが来ていた。そこにバーテンと称して奥のほうで本ばかり読んでいる男がいてね。それがデビュー前の半村良だな。ママが店を空けるときは彼に任せて、後で営業日誌を書かせるんだけど、一から十までデタラメばかりだったという話だね（笑）。

半村も戦災孤児だろう。野坂もそうだ。学者にも多いね。親父に商売があるとか、サラリーマンならそのための便宜があるとか、普通の家庭なら一応の家業の蓄積があるんだな。だけど地盤がないとユダヤ人と同じで、金貸しになるか、活字という空々漠々たるもので食うしかないんだね。演歌って手もあるけど、鉛筆一本より資本は必要だし。孤児と引揚者に物書きとか学者が多いのはそういうことだろうな。五木寛之もそうだね。今の最初からお金持ちのインテリとは迫力が違うでしょ。それに当時の連中は自ら選んだんじゃないってとこもある。それしか食う道がなかったんだよ。だからあることないこと、ウソばかりついて世渡りするような（笑）。でもね、それが戦後の日本を支えてきたんじゃないかな。

　こないだ五木さんと対談したんだよ。今までいわなかったことを、すこーしだけ話したんだ。亡くなった人のことなんかも。でも遺族がいるしね。それに最後に残った人間がいうのは、何だか僭越な感じがして。本来自伝的なものを書くのも好きじゃないんだけど、でも、ここわずか五、六年でもパースペクティブが違ってきているでしょ。戦前と戦中、高度成長を生きてきた連中がどんどん亡くなっている。僕自身、どのぐらい生きられるかわからないし、まもなくボケるかもしれない（笑）、だから書いておこうかな、とも思うんです。少しだけ。

『江戸東京《奇想》徘徊記』というのを朝日新聞出版局から出すんだよ。「サライ」に連載してたやつなんだけどね、病気で入院しているときに書き足していたら面白くなって、一回分六枚が二十枚ぐらいになっちゃった。ほとんど書き下ろしだな（笑）。これは東京の場末をずっと歩く話なんだよ。

次は銀座、新宿をやろうと思っているんだ。ど真ん中だな。

（於、神奈川県真鶴・種村氏邸、聞き手・田村治芳・皆川秀）

あとがき

本書は、今は亡き種村季弘さんが生前自ら編んだ、最後のエッセイ集である。

病状が予断を許さなくなってきた二〇〇四年春ごろから、種村さんの教え子であり、種村さんを敬愛してやまない髙山宗東さんが、同じ思いの齋藤靖朗さんとともに、本格的に編集に取り組んできた。種村さんの指示のもと発表誌紙を遺漏なきよう収集し、順序を整え章分けをし、あらためて種村さんがそれをチェックするという作業を何度か繰り返すことによって、その全体像を確かなものにしていった。

近世文化の研究者としてすでに種村季弘さんの執筆活動をバックアップしてきたこともある髙山宗東さんと、自らの意思で種村季弘さんの著作にかんするデータを整理し、読者に開示・提供するホームページを開設した齋藤靖朗さんは、病気で入退院を繰り返しながら執筆活動にいそしむ種村さんにとって、十分信頼できる心強い存在だったと思う。

二〇〇四年八月八日、静岡県三島市にある病院の一室で、私は窓際の小さなテーブルをはさみ種村さんと向かい合った。編集者としてははじめてお会いしたときから三十数年を経ていたが、気構えをあらためての対面となった。種村さんは、自分が亡きあとのさまざまなことについて、淡々と指示、あるいは望むところを語るのであったが、このエッセイ集にかんしては、すでに構想を固め髙山さんたちに委ねてあるので、出版にかかわるもろもろの作業を進めてほしいということだった。

あくまでも淡々と話す種村さんだったが、このエッセイ集はもとより、どの仕事についても、そのひとつひとつに、いとおしむような、いつくしむような気配を感じさせる語り口が、生死の境に臆することのない、つよい意志を感じさせ印象的だった。

それから間もない八月二九日、種村さんはご家族に看取られながらお亡くなりになった。種村さんご自身の強い遺志で、当面はその事実を公表することなく、密葬がとり行われた。その後も、少なくとも一年間は、葬儀に類するようなことはしないこと、その間はもちろん、その後もご家族をわずらわせるようなことは一切しないことという遺志は守られ、やがて一年経つ。

その一年間に本書の編集作業は比較的ゆったりと進められた。

刊行については、種村さんからの希望もあり、まず筑摩書房の松田哲夫さんに連絡をとったところ、種村さんがかつて都立大学で教鞭をとっていたときから、当時は学生として、その後は編集者として接していた松田さんは、種村さんご逝去の報を受けてから、自分の中でどうにも収拾がつかないでいたと言い、出版にかんして積極的に進めることを即答してくれたばかりか、自ら編集担当者として取り組むと告げてくれるのであった。

実際、原稿になるコピーを渡すと、次の打ち合わせには、そのコピーを原稿用紙の一枚一枚に貼って、本になったときのページイメージを具体的にするなど、松田さんならではのていねいな編集ぶりを見せてくれた。

やがて校正の段階に入ったが、著者校正にあたる仕事は主として私が担当した。髙山宗東さんに疑問点を調べてもらったりしながら、万全を期したつもりだが、読者諸賢からのご指摘などあれば、随時対応していきたいと思っている。

また巻末の書誌は、齋藤靖朗さんが作成し、体裁は松田さんが整えてくれた。

装幀にかんしては、松田さんの推薦もあり、種村さんが生前注目していたクラフト・エヴィング商會に依頼し、このエッセイ集にふさわしい、すっきりとした本に仕上げていただいた。

以上のようなわけで、すべては種村さんの遺志を受けての編集であり刊行であるはずなのだが、はたして種村さんが「おっ、よくできたね」とよろこんでくれるかどうか、ちょっと心配ではあるけれど、読者諸賢にあたたかく迎えられれば、それで十分ということにすべきだろう。

この本の刊行を誰よりも待ち望んでいるのは、薫夫人をはじめとする種村さんのご家族の方だろうと思う。読者諸賢の思いも込めて早くお手元に届けたいと思う。

（二〇〇五年七月記す、桑原茂夫）

初出一覧

Ⅰ　西日の徘徊老人篇

西日のある夏	「ふれあい」	2000年夏号
余生は路上ぞめきに	「新刊ニュース」	2001年12月
「人生逆進化論」で楽しく	「読売新聞」	1999年５月４日
懐かしの根岸家	「産経新聞・神奈川版」	1998年１月13日
泰華楼	「産経新聞・神奈川版」	2001年３月６日
角海老	「太陽」	1995年１月
オキュパイド銀座	「銀座百点」	2001年12月
とうふと洗濯	「公明新聞」	1998年２月３日
ゆかりの宿	「公明新聞」	1998年３月31日
夏祭	「公明新聞」	1998年６月23日
若々しい死	「公明新聞」	1998年１月６日
顔文一致	「公明新聞」	1998年９月17日
名刺	「公明新聞」	1998年３月３日
三重視	「公明新聞」	1998年４月28日
師匠	「公明新聞」	1998年５月26日
螢雪時代	「公明新聞」	1998年７月23日
温泉外人	「公明新聞」	1998年８月20日
相対の研究	「公明新聞」	1998年10月15日
ねじ式	「公明新聞」	1998年11月12日
ゴロ寝	「公明新聞」	1998年12月10日

Ⅱ　幻の豆腐を思う篇

すし屋のにおい	「太陽」	1999年４月
幼児食への帰還	「SNOW」	2000年６月
幻の豆腐を思う	「別冊サライ」	2000年７月
おでんと清流	「旅」	2002年５月
修行だ、修行だ、修行だ	『下町酒場巡礼』	

（ちくま文庫）　2001年9月
森軍医と長谷川砲兵　「i feel」　2002年冬号
大酒大食の話　酒飲み合戦　「一冊の本」　2001年11月
大酒大食の話　水鳥記の酒合戦
「一冊の本」　2001年12月
大酒大食の話　小杯の害　「一冊の本」　2002年1月
名無しの酒　「たまや」第二号　2004年10月

Ⅲ　雨の日はソファで散歩篇

永くて短い待合室　『るるぶ情報版』　2001年11月
素白を手に歩く品川　「朝日新聞」　2001年12月16日
長谷川伸描く街の芸　「朝日新聞」　2001年12月23日
「飲中」「林泉」の至福　「朝日新聞」　2001年12月30日
七転び八起きの町へ（「雨の日はソファで散歩・新宿篇」改題）
「眼力」　2003年11月
寺のない町　「寺門興隆」　2004年9月
松田という店（「雨の日はソファで散歩・銀座篇」改題）
「ラパン」　2002年冬号
鳥目絵の世界　「別冊太陽」　2003年11月
文明開化とデカダンス　『なつかしき東京』（講談社）
1992年2月
新東京見物・里帰りを歩く　「新刊展望」　2004年2月
与謝野晶子の歌　「読売新聞」　2000年5月7日
池袋モンパルナス　「読売新聞」　2000年5月14日
風々さんの無口　「読売新聞」　2000年5月21日
小犬を連れた奥方　「読売新聞」　2000年5月28日
幻の同居人
『江戸川乱歩全集　第14巻』（光文社文庫）　2004年1月
日影迷宮で迷子に
『日影丈吉全集』（国書刊行会）監修者のことば　2002年夏

高足駄を履いた弱虫
　『牧野信一全集　第3巻』月報（筑摩書房）　2002年５月
生死まるごとの喜劇　「日本経済新聞」　2001年８月５日
敵のいない世界　「アサヒカメラ」　2002年１月
ヴァンパイアの誘惑
　宝塚歌劇団「薔薇の封印」公演パンフレット　2003年11月

Ⅳ　聞き書き篇
江戸と怪談　「別冊文藝　岡本綺堂」　2004年１月
昭和のアリス
　「ユリイカ臨時増刊号・矢川澄子」　2002年10月
焼け跡酒豪伝　「彷書月刊」　2003年12月

種村季弘著作目録＊1966〜2005（作成・齋藤靖朗）

《著作》

怪物のユートピア	1968. 4 .20	三一書房
	1974. 7 .31	西沢書店
	1991.12.31	三一書房
ナンセンス詩人の肖像	1969. 9 .15	竹内書店
	1977. 9 .25	筑摩叢書
	1992.12. 7	ちくま学芸文庫
悪女の画廊（「洋酒マメ天国」第33巻）		
	1969.10.30	サントリー
吸血鬼幻想	1970. 7 .15	薔薇十字社
	1983. 2 . 4	河出文庫
薔薇十字の魔法	1972. 6 .22	薔薇十字社
	1975. 7 .12	出帆社
	1986.12.10	青土社
	1993. 4 . 5	河出文庫
アナクロニズム	1973. 5 .25	青土社
	1985. 3 . 4	河出文庫
コリントン卿登場（共著）	1974. 1 .25	美術出版社
失楽園測量地図	1974. 6 .30	イザラ書房
怪物の解剖学	1974. 7 .20	青土社
	1987. 2 . 4	河出文庫
影法師の誘惑	1974. 9 .25	冥草舎
	1991.12. 4	河出文庫
悪魔礼拝	1974.11.10	桃源社
	1979. 5 .15	桃源社
	1988. 3 . 4	河出文庫
詐欺師の楽園	1975. 5 . 5	學藝書林
	1979. 4 . 7	白水社

	1985. 5 .10	白水社
	1990. 8 . 4	河出文庫
	2003. 1 .16	岩波現代文庫
F. S − ゾンネンシュターン（「骰子の7の目　シュルレアリスムと画家叢書」7）		
	1976. 1 .25	河出書房新社
壺中天奇聞	1976. 6 . 5	青土社
パラケルススの世界	1977. 1 .10	青土社
	1986.10.31	青土社
	1996. 5 .30	青土社
山師カリオストロの大冒険	1978. 2 .25	中央公論社
	1985. 6 .10	中公文庫
	1998.12. 4	河出文庫
	2003. 3 .14	岩波現代文庫
ザッヘル ＝ マゾッホの世界	1978. 7 .10	桃源社
	1984. 1 .30	筑摩叢書
	2004.11. 9	平凡社ライブラリー
箱の中の見知らぬ国	1978.11.10	青土社
書物漫遊記	1979. 1 .20	筑摩書房
	1986. 5 .27	ちくま文庫
黒い錬金術	1979. 3 .10	桃源社
	1986. 3 .13	白水社
	1991.10.15	白水uブックス
夢の舌	1979.10.25	北宋社
	1996. 9 .30	北宋社
ヴォルプスヴェーデふたたび	1980. 4 .20	筑摩書房
愚者の機械学	1980.11.20	青土社
	1991.11.30	青土社
食物漫遊記	1981. 3 .20	筑摩書房
	1985.12. 4	ちくま文庫

ぺてん師列伝	1982. 6 .25	青土社
	1986. 7 . 4	河出文庫
	2003. 4 .16	岩波現代文庫
夢の覗き箱	1982. 8 .25	潮出版社
	1997. 5 .20	北宋社
贋物漫遊記	1983. 3 .22	筑摩書房
	1989.10.31	ちくま文庫
謎のカスパール・ハウザー	1983.12.20	河出書房新社
	1991. 1 .21	河出書房新社
	1997. 6 . 4	河出文庫
書国探検記	1984. 7 . 5	筑摩書房
器怪の祝祭日	1984.10. 1	沖積舎
迷宮の魔術師たち　幻想画人伝	1985. 2 .10	求龍堂
一角獣物語	1985. 3 . 5	大和書房
ある迷宮物語	1985. 6 .20	筑摩書房
好物漫遊記	1985.12.10	筑摩書房
	1992. 9 .24	ちくま文庫
贋作者列伝	1986. 9 .16	青土社
	1992. 5 .20	青土社
迷信博覧会	1987. 2 .16	平凡社
	1991.12. 4	ちくま文庫
魔術的リアリズム　メランコリーの芸術		
	1988. 3 .10	パルコ出版
晴浴雨浴日記	1989. 3 .28	河出書房新社
日本漫遊記	1989. 6 .20	筑摩書房
小説万華鏡	1989. 8 . 1	日本文芸社
箱抜けからくり綺譚	1991. 9 .30	河出書房新社
ハレスはまた来る　偽書作家列伝	1992. 3 .31	青土社
(『偽書作家列伝』に改題)	2001.11.22	学研M文庫
遊読記	1992. 8 .31	河出書房新社

迷宮へどうぞ	1992.10.1	福音館書店
人生居候日記	1994.1.25	筑摩書房
魔法の眼鏡	1994.2.25	河出書房新社
澁澤さん家で午後五時にお茶を	1994.7.25	河出書房新社
	2003.7.17	学研M文庫
ビンゲンのヒルデガルトの世界	1994.8.15	青土社
	2002.7.31	青土社
不思議な石のはなし	1996.9.25	河出書房新社
死にそこないの美学　私の日本映画劇場	1997.3.10	北宋社
徘徊老人の夏	1997.7.10	筑摩書房
奇想の展覧会　戯志画人伝	1998.7.16	河出書房新社
土方巽の方へ　肉体の60年代	2001.5.30	河出書房新社
東海道書遊五十三次	2001.12.1	朝日新聞社
江戸東京《奇想》徘徊記	2003.12.30	朝日新聞社
畸形の神　あるいは魔術的跛者	2004.4.20	青土社
楽しき没落 種村季弘の綺想の映画館	2004.11.20	論創社
ことばたちのフーガ（「世界の詩とメルヘン」16）	発行年月未詳	世界文化社

《翻訳》

迷宮としての世界（共訳）G. R. ホッケ	1966.2.5	美術出版社
	1987.8.10	美術出版社
小遊星物語　P. シェーアバルト	1966.5.15	桃源社
	1978.4.15	桃源社
	1995.1.5	平凡社ライブラリー
十三の無気味な物語　H. H. ヤーン	1967.12.20	白水社

1979.2.15　白水社
1984.5.20　白水uブックス
象徴主義と世紀末芸術　H. H. ホーフシュテッター
1970.1.20　美術出版社
1987.5.10　美術出版社
ブニュエル（「現代のシネマ」3）A. キルー
1970.2.15　三一書房
現代ドイツ幻想小説（編訳）　1970.10.13　白水社
異化（共訳）　E. ブロッホ　1971.2.27　現代思潮社
1976.12.20　現代思潮社
エンツェンスベルガー全詩集（共訳）
1971.5.10　人文書院
文学におけるマニエリスムⅠ　G. R. ホッケ
1971.10.30　現代思潮社
1977.8.31　現代思潮社
文学におけるマニエリスムⅡ　G. R. ホッケ
1971.12.25　現代思潮社
1977.8.31　現代思潮社
サセックスのフランケンシュタイン　H. C. アルトマン
1972.2.25　河出書房新社
錬金術　タロットと愚者の旅　R. ベルヌーリ
1972.4.15　青土社
（『錬金術とタロット』に改題）　1992.6.4　河出文庫
迷宮と神話　K. ケレーニイ（共訳）　1973.3.25　弘文堂
1996.3.15　弘文堂
ドラキュラ・ドラキュラ（編訳）　1973.5.21　薔薇十字社
1980.1.30　大和書房
1986.1.10　河出文庫
クロヴィス・トルイユ　レイモン・シャルメ
（「骰子の7の目　シュルレアリスムと画家叢書」4）

1974. 9 .25　河出書房新社
イマージュの解剖学（共訳） H. ベルメール
1975.10.30　河出書房新社
魔女グレートリィ（共訳） M. マイドルフ
1976. 9 .30　牧神社
毛皮を着たヴィーナス（「ザッヘル = マゾッホ選集」第1巻）
1976.10. 1　桃源社
1983. 4 . 4　河出文庫
密使（「ザッヘル = マゾッホ選集」第4巻）
1977. 9 . 5　桃源社
絶望と確信　20世紀末の芸術と文学のために　G. R. ホッケ
1977.10. 1　朝日出版社
錬金術　S. クロソウスキー・ド・ローラ
1978. 1 .25　平凡社
三位一体亭　O. パニッツァ　1983. 5 .22　南柯書局
ドイツ幻想小説傑作集　編訳　1985. 9 .20　白水uブックス
図説・占星術事典（監訳）　1986. 3 .20　同学社
夢の王国　夢解釈の四千年（共訳） M. ポングラチュ、I. ザントナー
1987. 2 .20　河出書房新社
(『夢占い事典』に改題)　1994.12. 2　河出文庫
ブランビラ王女　E. T. A. ホフマン　1987. 5 .27　ちくま文庫
ナペルス枢機卿（「バベルの図書館」12） G. マイリンク
1989. 4 .21　国書刊行会
チリの地震　H. v. クライスト　1990. 6 .20　王国社
1996.10. 4　河出文庫
ユーゲントシュティール絵画史　ヨーロッパのアール・ヌーヴォー
H. H. ホーフシュテッター（共訳）
1990. 9 .10　河出書房新社
白雪姫　グリム　1991. 2 .20　ミキハウス
アベラシオン（「バルトルシャイティス著作集」1）(共訳)

1991. 5 .10　国書刊行会
パニッツァ全集1　1991. 7 .24　筑摩書房
パニッツァ全集2　1991. 8 .25　筑摩書房
パニッツァ全集3　1991. 9 .25　筑摩書房
化学の結婚　J. V. アンドレーエ　1993. 5 .15　紀伊國屋書店
2002.12.31　紀伊國屋書店
魔法物語　W. ハウフ　1993. 8 .25　河出書房新社
論集世紀末（監訳）　J. A. シュモル＝アイゼンヴェルト編
1994. 8 .25　平凡社
永久機関　付・ガラス建築　シェーアバルトの世界　P. シェーアバルト
1994.11.30　作品社
世界温泉文化史　V. クリチェク　1994.12.10　国文社
リッツェ　少女たちの時間　H. ヤンセン
1995.　トレヴィル
砂男　無気味なもの　E. T. A. ホフマン、S. フロイト
1995. 3 . 3　河出文庫
くるみ割り人形とねずみの王様　E. T. A. ホフマン
1996. 1 . 9　河出文庫
グラディーヴァ、妄想と夢　W. イェンゼン、S. フロイト
1996. 8 .10　作品社
マグナ・グラエキア　ギリシア的南部イタリア遍歴　G. R. ホッケ
1996.10.21　平凡社
遍歴　約束の土地を求めて　U. トゥウォルシュカ
1996.11.20　青土社
狂気の王国　F. グラウザー　1998. 9 .30　作品社
クロック商会　F. グラウザー　1999. 7 .20　作品社
砂漠の千里眼　F. グラウザー　2000. 2 .25　作品社
ビリッヒ博士の最期　R. ヒュルゼンベック
2003. 2 .10　未知谷
絞首台の歌　C. モルゲンシュテルン　2003. 3 .10　書肆山田

外人部隊　F. グラウザー　2004. 7 .20　国書刊行会

《対談集》

澁澤龍彦を語る（巖谷國士・出口裕弘・松山俊太郎共著）
1996. 2 .23　河出書房新社
東京迷宮考　種村季弘対談集　2001.11.15　青土社
ああ、温泉　種村季弘とマニア7人の温泉主義宣言
2001.12.15　アートダイジェスト
天使と怪物　種村季弘対談集　2002. 1 .15　青土社
異界幻想　種村季弘対談集　2002. 3 .15　青土社

《著作集》

種村季弘のラビリントス　全10巻　青土社

1	怪物のユートピア	1979. 4 .10
2	影法師の誘惑	1979. 4 .10
3	吸血鬼幻想	1979. 5 . 9
4	薔薇十字の魔法	1979. 6 . 9
5	失楽園測量地図	1979. 7 .10
6	怪物の解剖学	1979. 8 .10
7	アナクロニズム	1979. 9 .10
8	悪魔禮拝	1979.10.10
9	壺中天奇聞	1979.11.10
10	パラケルススの世界	1979.12.28

種村季弘のネオ・ラビリントス　全8巻　河出書房新社

1	怪物の世界	1998. 6 .25
2	奇人伝	1998. 9 .10
3	魔法	1998.10.12
4	幻想のエロス	1998.11.10
5	異人	1998.12.15

6　食物読本　1999.1.20
7　温泉徘徊記　1999.2.15
8　綺想図書館　1999.3.25

本書は二〇〇五年八月、筑摩書房より刊行された。

ちくま文庫

雨《あめ》の日《ひ》はソファで散歩《さんぽ》

二〇一〇年七月 十 日 第一刷発行
二〇二四年三月二十日 第三刷発行

著　者　種村季弘（たねむら・すえひろ）
発行者　喜入冬子
発行所　株式会社 筑摩書房
東京都台東区蔵前二―五―三 〒一一一―八七五五
電話番号 〇三―五六八七―二六〇一（代表）
装幀者　安野光雅
印刷所　中央精版印刷株式会社
製本所　中央精版印刷株式会社

ISBN978-4-480-42726-7 C0195